Was unternimmt ein Literaturprofessor, der während des 2. Weltkrieges im besetzten Frankreich nazifreundliche Artikel geschrieben hat und lieber nicht daran erinnert werden möchte? Er könnte zum Beispiel eine Literaturtheorie ersinnen, die besagt, dass es außerhalb des Textes keine Geschichte gibt, auf die sich das Geschriebene beziehen lasse: Der Text schreibe sich selbst, nach der Verantwortung des Autors zu fragen sei mithin müßig.
Und falls sich doch ein unverbesserlicher Faktenhuber anschickt, in seiner Vergangenheit herumzuschnüffeln, dann kennt Professor Sfax keine Gnade ...

«Ein glänzend gemachter, überaus witziger Kriminalroman zu einem ernsten intellektuellen Thema.» (Gustav Seibt in der *Berliner Zeitung*)
«Ein Lesevergnügen sondergleichen.» *(Tages-Anzeiger)*
«Komisch und spannend und höchst raffiniert.» *(The Times)*
«Ein geistreiches und elegantes Buch, das es wert ist, mit Nabokov verglichen zu werden.» *(David Lodge)*

Gilbert Adair, geboren 1944, wurde als Romancier, Essayist, Filmpublizist und Kolumnist bekannt. Berühmt machte ihn sein Psychothriller «Blindband» (rororo 22880). Sein Roman «Liebestod auf Long Island» liegt ebenfalls im Rowohlt Taschenbuch Verlag vor (rororo 22879). Gilbert Adair lebt in Notting Hill, London.

Gilbert Adair

Der Tod des Autors

Roman Deutsch von
Thomas Schlachter

Rowohlt Taschenbuch Verlag

Für die deutschsprachige Ausgabe hat Gilbert Adair auf Seite 155
eine Passage hinzugefügt.

«Die Verse aus dem Gedicht «Ode an eine Nachtigall»
von John Keats wurden in der Übersetzung von Heinz Piontek
dem Buch «Auf eine griechische Urne» entnommen.
Copyright © 1996 by Insel Verlag Frankfurt/Main

Veröffentlicht im Rowohlt Taschenbuch Verlag GmbH,
Reinbek bei Hamburg, Januar 2002
Copyright © 1997 by Edition Epoca AG Zürich
Die Originalausgabe erschien unter dem Titel
«The Death of the Author»
Copyright © 1992 by Gilbert Adair
Umschlaggestaltung any.way, Cathrin Günther
(Foto: photonica/S.P.L.)
Satz New Baskerville (PageMaker) bei
Pinkuin Satz und Datentechnik, Berlin
Druck und Bindung Clausen & Bosse, Leck
Printed in Germany
ISBN 3 499 22881 5

Die Schreibweise entspricht den Regeln
der neuen Rechtschreibung.

Begehe ein Verbrechen, und die Erde wird zu Glas. Begehe ein Verbrechen, und ein Schneekleid scheint den Boden zu bedecken, wie dort in den Wäldern, wo es die Fährte jedes Rebhuhns und Fuchses und Eichhörnchens und Maulwurfs offenbart. Du kannst das gesprochene Wort nicht widerrufen, du kannst die Fußstapfen nicht verwischen, du kannst die Leiter nicht hochziehen, ohne Abdrücke oder Spuren zu hinterlassen.
Ralph Waldo Emerson

Da diese Rätsel über unsere Begriffe gehen, wollen wir so tun, als hätten wir sie ausgeheckt.
Jean Cocteau

Für dich, die Leserin
Für dich, den Leser

Als sie mir ihr Vorhaben eröffnete, schaute ich als Erstes instinktiv auf die Uhr. Dies – ein bloßer Reflex meinerseits, so ungünstig er, wie mir schlagartig bewusst wurde, zeitlich auch gewählt war – fasste sie völlig falsch auf. Das gleichermaßen trotzige wie besorgte Lächeln, mit dem sie mir ihre Nachricht verkündet hatte, schwand rasch aus ihren Zügen und machte einem verdrießlichen Schmollen Platz. Sie war verstimmt, offensichtlich aber auch verdutzt, dass ich mir ausgerechnet den entscheidenden Moment unseres Gesprächs ausgewählt hatte (jenen Moment, in dem sie ihre Trumpfkarte ausspielte), um eine Haltung erkennen zu lassen, die sie wohl als schroffe, nervöse Unduldsamkeit deutete. Doch wie konnte ich ihr vermitteln, dass ich auf der Uhr eigentlich nicht die Zeit, sondern sozusagen Zeit suchte; dass das, was ich sah, und alles, was ich sah (soweit ich überhaupt etwas sah), der Sekunden- und der Minutenzeiger waren, welche als Hase und Igel rund ums Zifferblatt ihren immer währenden Wettlauf vollführten, wobei jener streng gemessen voranschritt, während dieser mit listigem, verstohlenem Gang immer schon «allhier» war? Wie konnte sie ahnen, dass ich seit bald siebzehn Jahren auf jemanden wartete, der mir sagte, was sie gerade gesagt hatte – darauf wartete, dass dieses Ereignis endlich eintrete, als sei seine «Stunde» gekommen? Und wie konnte ich ihr mitteilen, dass ich meine Entscheidung, nun die Flucht nach vorne anzutreten, bereits getroffen hatte – und sei es vielleicht just in der

Sekunde, in der sie mir ihr Vorhaben enthüllte. Wenn etwas zur Sprache kommen muss, muss es zur Sprache kommen. Irgendwann muss es einfach zur Sprache kommen.

«Verstehe ich Sie richtig, Professor Sfax», erkundigte sie sich in einem Ton, der ahnen ließ, dass ihre Kühnheit erneut die Oberhand gewonnen hatte, «dass Ihre Vorbehalte ...»

«Aber ich habe doch überhaupt keine Vorbehalte», entgegnete ich, zum ersten Mal seit meinem Fauxpas lächelnd. «Im Gegenteil, ich bin ganz einverstanden – so unmaßgeblich das sein mag.»

Sie vermochte kaum zu fassen, dass sich das Blatt scheinbar radikal zu ihren Gunsten gewendet hatte.

«Sie legen mir also – was ich sagen möchte, Sie legen mir also keine Hindernisse in den Weg?»

Ich versprach, ihr auf jede erdenkliche Weise behilflich zu sein – denn ich glaube an Diplomatie und, sofern es die Umstände erlauben, auch an Toleranz –, und ich bot sogar an, ihre Nachforschungen mit der Abfassung eines kurzen einführenden Textes zu unterstützen. Im gleichen Atemzug wies ich sie jedoch darauf hin, dass es recht wenig sei, was ich wirklich tun könne, zumal die meisten Angaben, die einen früheren Abschnitt meines Lebens beträfen, nicht mehr eingeordnet oder überprüft werden könnten, da zu viele der entsprechenden Dokumente verloren gegangen seien. Es sei aber auch verfrüht, sich über diese Dinge den Kopf zu zerbrechen. Verständlicherweise hatte sie zuerst mit mir sprechen wollen, bevor sie sich auf Verlagssuche machte, und ich will gleich gestehen (obwohl ich ihr gegenüber selbstverständlich nichts Derartiges verlauten ließ), dass ich bereits in dieser frühen Phase dem ganzen Unterfangen eine äußerst düstere Zukunft prophezeite.

Als ich sie zur Bürotür geleitete, fiel mein berühmter milder Blick auf ihr hellhäutiges, hageres, ebenso aristokratisches wie «East Coast»-typisches und außerordentlich hübsches Gesicht, welches von einem rötlich-braunen Haarschopf umrahmt wurde wie ein Spielzeugtheater von Pappvorhängen.

«Ihnen ist doch wohl klar», bemerkte ich, noch immer lächelnd, «dass Sie mich niemals einfangen werden? Das ist noch nie jemandem gelungen.»

Nun war sie es, die lächelte, breit, ja beinahe mädchenhaft – ein Lächeln, so spontan und unbedacht wie ein schamhaftes Erröten.

«Wussten Sie nicht, dass ich bildhauere?», fragte sie unvermittelt, als sei ihr dies sozusagen «anzusehen», denn mir war schleierhaft, wie ich sonst davon hätte wissen sollen.

«Ach – tatsächlich?»

«Leider nur Gegenständliches, meistens Köpfe. Aber manche behaupten, ich könne sehr gut porträtieren. Ich würde gerne ein Porträt von Ihnen machen – wenn Sie mich lassen.»

Geziert ausweichend antwortete ich, nun sei es erst einmal am Verlag, sie zu lassen – «Wo ein Wille ist, ist auch ein Weg», murmelte ich, «... oder besser gesagt, wo ein Weg ist, ist auch ein Wille.»

Sie lachte, und mit einem Händedruck verabschiedeten wir uns.

Ich nahm wieder am Schreibtisch Platz und ließ die seltsame kurze Szene Revue passieren. Wieder warf ich einen Blick auf die Uhr, doch dieses Mal lediglich, um die Zeit abzulesen. Ihr Termin bei mir war um fünf gewesen, und nun war es eine Minute nach halb sechs. Es hatte also bloß eine halbe Stunde gedauert, bis die Würfel gefallen waren. Und eine Bildhauerin hatte sie geworfen. Eine Bildhauerin? Beschert denn das Schicksal jedem in seinem Leben mindestens eine Bildhauerin? Astrid! Schon ihr Name kündete vom «Kreativen» in all seinem furchtbaren Schrecken. Nein und nochmals nein, ihr durfte ich meinen Kopf nicht anvertrauen.

Ich vergewisserte mich, dass ich an diesem Nachmittag keine Termine mehr hatte, und schaltete gut gelaunt meinen Mac ein, denn ich konnte mit dem restlichen Tag anfangen, was mir beliebte. Ich erstellte eine neue Datei, gab ihr das Passwort *Hermes* und starrte bestimmt fünf oder sechs Minuten auf den Bildschirm, auf die blanke, weiße Bildschirmseite. Schließlich fing ich zu tippen an (im Prinzip bin ich ein Zweifingermensch, ja eigentlich sogar ein Einfingermensch, denn der linke Zeigefinger dient lediglich als Gehilfe des rechten und interveniert, wie die weniger flinke Hälfte in einem Tennisdoppel, um sich hier ein Komma, dort einen Apostroph zu schnappen) und schrieb die vier Seiten, die du, Leser, soeben gelesen hast.

Ich wurde 1918, wenige Wochen nach Kriegsende, als Einzelkind in eine innig verbundene Familie von Geld und Einfluss hineingeboren, welcher ein Pariser Stadthaus im Marais ebenso gehörte wie ein bescheidenes Landgut im Chevreusetal, wo unser unmittelbarer Nachbar kein Geringerer als Ravel war, den eine enge Freundschaft mit meinem Vater verband. Meine Kindheit war glücklich und unglücklich, gewöhnlich und ungewöhnlich, von außen betrachtet nicht sonderlich aufregend und im Rückblick ziemlich undurchschaubar – eine bürgerliche Kindheit im Paris der zwanziger Jahre. Mein Vater war Verleger von Kunstbüchern, und sein Vater, nach dem ich getauft worden war, ein unbedeutender und heute Gott sei Dank vergessener Poet, der gelegentlich als Librettist für Massenet arbeitete.

Den ersten wirklich schlimmen Schock meines Lebens erlitt ich bei der Beerdigung meines Großvaters. Man schrieb das Jahr 1931, und ich, noch nicht ganz dreizehn, war bereits ein stolzes Bürschchen und durfte als Sargträger amtieren. Die Beisetzung fand in jenem Dörfchen im Chevreusetal statt, zu dem auch unser Landhaus gehörte, und der rechteckige, von schmucklosen Mauern eingefasste Friedhof erinnerte an diesem grau verhangenen Frühlingsmorgen an eine jener nebligen Lichtungen, auf denen in Kaiserhofromanzen Husaren im Morgengrauen ihre Duelle auszutragen pflegen. Zwar vergoss ich während der eigentlichen Trauerfeier keine Träne, doch als der Sarg enthüllt wurde und in die Erde gesenkt werden sollte und ich auf dem Deckel, in eine Platte eingraviert, des Namens «Léopold Sfax» ansichtig wurde, welches nicht nur der Name meines Großvaters war, sondern ebenso (und in meiner damals noch ungebremst solipsistischen Weltsicht eigentümlicherweise noch viel mehr) mein eigener, blamierte ich mich furchtbar, als ich in einen Schreikrampf ausbrach und von meiner elsässischen Kinderfrau weggeführt werden musste, die mich aufs Trittbrett des Leichenwagens setzte, mir eine schallende Ohrfeige verpasste und mich – den dreizehnjährigen Jungen – schließlich auf ihrem Schoß wiegte.

Erst viel später und zu meiner nicht geringen Überraschung – denn mir war entgangen, was selbst einem so introvertierten und lebensfremden Jüngling wie mir hätte ins Gesicht springen müssen – sollte ich erfahren, dass sich Vater und Großvater (wiewohl der Verkehr zwischen den beiden nicht gänzlich erloschen war) seit den frühen Erwachsenenjahren des Ersteren auseinander gelebt hatten.

Der Streit hatte seinen Grund zum Teil im unterschiedlichen ästhetischen Empfinden der beiden. Mein Großvater war der allerletzte der Parnassiens gewesen, wie sich diese bestimmte «Schule» nicht ganz unbescheiden nannte, und seine Gedichte, verfasst unter dem bereits schwindenden Einfluss von Théophile Gautier, waren einem marmornen, kalten Klassizismus verpflichtet – staubtrockenes Zeug, das ein großzügig gestimmter Kritiker wohl «fein ziseliert» nennen würde. Und es entsprach sowohl den Prinzipien des Parnasse wie den persönlichen Neigungen meines Großvaters, dass er sich vom kompromisslos modernistischen Milieu, in dem sich mein verzauberter Vater bewegte, mit schöner Regelmäßigkeit in Rage bringen ließ und die russischen Tänzer und «Neger»-Musiker verhöhnte, die mein Vater tatsächlich zu seinen Bekannten zählte.

Doch daneben war es zwischen den beiden auch zu einem politischen Zerwürfnis gekommen, das seinen Ursprung, soweit es meinen Großvater betraf, im ausgehenden letzten Jahrhundert hatte. Wie es sich in seiner muffigen und überlebten Clique gehörte, war er ein unentwegter Dreyfusgegner gewesen. Der natürlichen, allmählichen und sozusagen chemischen Metamorphose seines Judenhasses in ein bloßes gepflegtes Vorurteil – eine Verwandlung, die sich im Laufe der Zeit zweifellos vollzogen hätte – wurde für immer ein Riegel vorgeschoben, als Zola höchstselbst Großvaters Haltung (dabei dessen Namen lediglich aufgreifend, um ihn in üblen Ruf zu bringen) in einem Artikel von unvergesslicher und, was diesen anging, auch noch lange unvergessener Boshaftigkeit und Bravour öffentlich brandmarkte. Weniger ein Antisemit (in einem seiner Briefe schrieb er, vielleicht hätte er sich aus reiner Menschlichkeit sogar für den glücklosen General verwendet, «wäre dieser der Mühe wert gewesen») als ein Anti-«Kosmopolit», stellte sich Großvater mannhaft allem entgenen, was die bodenständigen Werte des guten Frankreich zu besudeln drohte. Mein Vater, für den das Wort «Kosmopolit» eher ästhetisch als ethnisch motiviert war, verweigerte meinem Großvater erhobenen Hauptes die Gefolgschaft, obwohl er selbst nicht ganz so hochherzig und puristisch war, wenn er von seinen Kontakten zu Bankiers und Hintermännern in der Welt der Bestechungsgelder und Belohnungen sprach, und sich auch nicht scheute, mit Nonchalance auf den widerwärtigen Euphemismus «Israelit» zurückzugreifen, wenn ihm dieser gerade zupass kam. Und so geschah es, dass wir zur statistischen Größe wurden: Wir waren eine unter Tausenden von Familien, die von der Dreyfusaffäre entzweit wurden.

In den späten dreißiger Jahren, als ich alt genug war, diese Dinge zu erfassen, konnte die Judenfrage nicht mehr länger dem Gewissen des Einzelnen überlassen werden. Ich studierte an der Ecole Normale Supérieure im ersten Jahr Philosophie, als ich, vermittelt durch meinen Vater, im kleinen Stil für *Le Libre Arbitre*, eine politische Monatszeitschrift mit bescheidener Auflage und nicht ganz so bescheidenem Einfluss, zu schreiben begann und mich blauäugig bemühte, meine trägen und demoralisierten Landsleute vor der Gefahr zu warnen, die jenseits unserer Ostgrenze lauerte.
Diese Artikel, deren es höchstens neun oder zehn gab, sind wohl unwiederbringlich verloren. Ich kann mich nur noch an vereinzelte Bruchstücke erinnern und, was die persönlichen Erkenntnisse angeht, lediglich an eine Grundstruktur, an einen allgemeinen Vorrat

an Themen und Vokabeln, wie sie jedem zeitgeschichtlich interessierten Studenten jener Jahre vertraut waren. Ich weiß zum Beispiel noch, wie ich unsere abendländische Kultur wegen ihrer Dekadenz und moralischen Feigheit angesichts der geifernd vor ihren Toren stehenden «Barbaren» geißelte. Ich machte geltend, dass ein «Sieg der Demokratien» ein erster, unabdingbarer Schritt beim Neuaufbau einer sozialen und politischen Ordnung sei, die uns nicht schon beim bloßen Gedanken mit Wut und Scham erfüllen müsse. Ich unterstrich, wie dringend ein System von Aufgaben und Pflichten benötigt werde, welche künftig jeder nach seinen Möglichkeiten zu übernehmen habe. Und so fort. Die Artikel waren programmatisch unausgegoren und bestenfalls lakonisch-polemisch, doch geschrieben mit wirklicher Inbrunst – die Ideen flogen mir so rasend schnell zu, dass ich einfach «abschalten» musste, um ihnen Gestalt geben zu können –, und ihr Wert lag darin, dass sie ihrer Epoche und ihrem Ort verpflichtet waren, das «gescheite» Werk eines Kindes seiner Zeit.

Ich war einundzwanzig, als der Krieg schließlich ausbrach, und zweiundzwanzig, als mein Studium unterbrochen und vielleicht, wie ich damals dachte, endgültig abgebrochen wurde, weil ein großes Ventil geöffnet worden war, das einen eisigen Wind durch jenes Frankreich fegen ließ, das ich so gerne getadelt hatte. Nein, nicht eisig war er, sondern heiß: Angst ist kalt, Panik ist heiß. Die heraufziehende Katastrophe hatte meinen unreifen journalistischen Ehrgeiz herausgekitzelt – ihre Realität aber bereitete ihm und damit der Serie armseliger und in billiger Weise prophetischer Artikelchen, die ich für *Le Libre Arbitre* geschrieben hatte, ein jähes, überstürztes Ende.

Im Frühjahr 1940, als die Deutschen der Hauptstadt immer näher rückten, füllten wir, meine Eltern, ich, unser Chauffeur und seine schwangere Frau, den Kofferraum unseres Automobils mit dem Erlesensten, was sich aus Vaters Bildersammlung retten ließ – einer recht ordentlichen Odaliske von Matisse, einem Braque, einem hübschen Harlekin von Derain –, und flohen aus einer mir bereits tot erscheinenden Stadt, fuhren Richtung Süden oder auch Südwesten, dorthin, wo uns die Besatzer nicht folgen mochten oder konnten, und stießen auf eine wirr sich windende Karawane aus Kraftwagen und Lastautos und Klapperkisten und Fuhrwerken, Matratzen, Kinderbetten, Stühlen, Tischen, Stehlampen, Pappkoffern, halb verhungerten Hunden und nicht zuletzt dem bizarren Totem jedes Flüchtlings, dem familieneigenen Vogelkäfig.

Im Juli jenes Jahres fanden wir in einem Bauernhaus in der Nähe von Pau beengten Unterschlupf, und während des ganzen folgenden Monats bemühten wir uns immer wieder, die Grenze nach Spanien zu überqueren, von wo aus wir bis nach Lissabon, ja bis zum Rande Europas hätten gelangen können, hinter dem der Atlantik und der schillernde Fluchtpunkt Amerika lockten. Doch weil sich zu viele Flüchtlinge durch einen zu engen Flaschenhals hindurchzuzwängen versuchten, weil die Grenze ständig geöffnet und geschlossen, geschlossen und geöffnet wurde, ohne dass aufseiten der unsichtbar bleibenden Behörden beider Staaten irgendeine höhere Logik zu erkennen gewesen wäre, und bestimmt auch deshalb, weil uns langsam dämmerte, in welch verzweifelte Lage wir uns gebracht hatten, denn wir waren dazu verurteilt, von jetzt an und wer weiß für wie lange oder auch nur wo, ein Dasein als Flüchtlinge, als die armen Verwandten der Geschichte, zu fristen, schon nach wenigen Monaten der Wanderschaft dazu gezwungen, unsere Kunstwerke, die zu retten wir doch gerade geflohen waren, dem nächstbesten Gauner für ein Butterbrot zu verkaufen – aus all diesen Gründen beschloss mein Vater, dass wir in die Hauptstadt zurückkehren sollten, wo unsere Existenz vielleicht noch zum Teil vor dem Verderben bewahrt werden konnte.

Wir fanden unser Haus in der Nähe der Place des Vosges so vor, wie wir es verlassen hatten. Nichts war abhanden gekommen, nichts gestohlen oder beschädigt worden. Wären wir einfach im Urlaub gewesen, hätte es nicht wesentlich anders ausgesehen. Gewiss, die Zimmer waren unordentlich und ungelüftet, denn auch die Diener schienen die Flucht ergriffen zu haben; doch dank dem Einsatz unseres Chauffeurs und seiner Frau war alles bald wieder sozusagen beim Alten. Das ganze Abenteuer, das unser Dasein auf scheinbar so traumatische Weise umstülpte, als wir es durchlebten, entpuppte sich als bloße Parenthese in unserer Existenz, Klammer auf – und Klammer zu.

Die folgenden vier Jahre waren für mich, für uns alle, düster und trostlos. Zwar nahm ich mein abgebrochenes Studium wieder auf, doch Artikel schrieb ich keine mehr, weder auf politischem noch auf in engerem Sinne literarischem Gebiet – die einen nicht, weil kein Meinungsforum mehr für all jene bestand, die sich weder der «Neuen Ordnung» andienten noch, zynisch auf den eigenen Vorteil bedacht, nach ihrer Melodie marschierten, und die anderen nicht, weil man sich damit angesichts einer Welt, die noch den letzten Glauben an die zivilisierende Kraft des Wortes aufgegeben hatte, schlicht lächerlich gemacht hätte. Doch ungefähr 1942 bat mich Alain Laubreaux, für ein Schmierblatt der Kollaborateure namens *Je suis partout* zu schreiben, und er, der entfernte Freund meines Vaters, rief mir dabei gerne die, wie er es formulierte, bescheidene Vortrefflichkeit der Artikel, die ich vor dem Kriege veröffentlicht hatte, in Erinnerung – eine ungemütliche Situation, aus der ich mich, wie mir scheinen will, nicht ganz unelegant befreite. (Dem hundertprozentigen Kollaborateur Laubreaux war durchaus bewusst, dass ich für eine derart anrüchige Publikation kaum würde offen schreiben können, weshalb er mir mit widerlichem Feingefühl die Verwendung eines Pseudonyms vorschlug.) Und da ich meinen Vater schon erwähne, habe ich jetzt auch die ungeheuerlichste Schande meiner Jugend zu bekennen: seine zunehmende, nein, nicht einmal kollaborierende, sondern vielmehr anpasserische Haltung gegenüber den Deutschen.

Mein Vater war allerdings beileibe nicht der Einzige, der sich die krasse moralische Rückgratlosigkeit eines derartigen «Gentlemen's Agreement» zwischen Besatzern und Besetzten zuschulden kommen ließ. Schon zur Halbzeit des Krieges unterschied die Hauptstadt kaum mehr etwas vom heiteren, schwülen Epizentrum der weltweiten Ausgelassenheit und Anmut, welches sie vor dem Einmarsch der Besatzer gewesen war. Die Cafés, Restaurants, Theater, Kinos und Nachtclubs öffneten wieder ihre Tore, und häufig wurden nun die besten Plätze von den eleganten, respektablen Herrschaften des Oberkommandos der Wehrmacht «besetzt». Und solange diese öffentlichen Hände fleißig genug applaudierten, schien es die Schauspieler und Schauspielerinnen wenig zu kümmern, wessen Blut daran klebte.

Doch weit widerwärtiger als das anbiedernde Fraternisieren mancher Intellektueller fand ich die fadenscheinigen Ausreden, mit denen die einfältigeren unter ihnen ihr Fehlverhalten zu rechtfertigen suchten. Eine dieser Rechtfertigungen war die Behauptung, man speise nur deshalb mit den Nazis, um seinen von der Deportation bedrohten jüdischen Freunden desto besser helfen zu können; eine weitere und oft gehörte lautete, man habe die Einwilligung zu Aufführungen der eigenen Werke lediglich gegeben, um den endgültigen Exitus der französischen Kultur abzuwenden. Andere mögen auf den Schwindel hereingefallen sein, ich jedoch stand meinem Vater nahe genug, um zu sehen, dass *seine* Kumpanei mit der deutschen Führungsclique reinem wirtschaftlichen Opportunismus entsprang. Da er mit seinem Verlag wegen des Mangels an feinen Papieren und Einbandmaterialien, für die seine Bücher einst berühmt gewesen waren, nicht vom Fleck kam, wandelte er sich, ohne dass einer von uns den genauen Moment dieser Veränderung hätte bestimmen können, zum Kunsthändler und spezialisierte sich auf die zeitgenössische Ecole de Paris; seine viel versprechendsten Kunden aber, so durfte er mehr und mehr feststellen, waren jene «netten» Deutschen, jene frankophilen Honoratioren, die auf der deutschen Botschaft oder im Französisch-Deutschen Institut tätig waren. (Es gelang ihm sogar, dem Botschafter Otto Abetz höchstpersönlich heimlich zwei Bilder zu verkaufen.) Mir drehte sich der Magen nicht alleine wegen der meines Erachtens ungeheuerlichen Ungehörigkeit um, mit Folterknechten und Mördern auf so gutem Fuße zu stehen (mit Männern wohlgemerkt, die genau jene Künstler öffentlich als «entartet» brandmarkten und für Frankreichs Niedergang verantwortlich machten, deren Werke sie sich privat unter den Nagel rissen). Nein, mich peinigten daneben schwere, von meinem windigen Vater nie zerstreute Bedenken, was die genaue Herkunft dieser Bilder anging, die er nun plötzlich zum Verkauf anbot, Bedenken, die mir immer dann am schlimmsten zusetzten, wenn ich in unserem Haus durchs Atelier streifte, wo die Gemälde lagerten, und mein Blick auf die kleinen gelben Papierkreise auf den Rahmen jener Bilder fiel, die bereits verkauft, aber noch nicht ausgeliefert waren. Doch ich sollte nicht erfahren (und weiß es bis zur Stunde nicht), wie mein Vater sie an sich gebracht hatte.

Noch im Herbst des Jahres 1942 verließ ich mein Elternhaus und zog bei Paul, einem befreundeten Jurastudenten, und seiner Freundin Louise ein, die zusammen in einer winzigen, voll gestopften und chaotischen Wohnung auf der Île Saint-Louis hausten. Wir drei vermochten uns hauptsächlich dank meines Geldes über Wasser zu halten – mein Großvater hatte mir ein mageres, entwertetes, jedoch unangetastetes Erbteil hinterlassen –, und wir lebten recht und schlecht von Teigwaren und Suppe. Und an diesem Ort sollte ich bis zur Befreiung wohnen, zuerst mit beiden Freunden gemeinsam und nach Pauls Verschwinden mit Louise alleine.

Ich gestehe, dass ich selbst heute nur mit leichtem Widerwillen über jenen Abschnitt meines Lebens spreche. Ich weiß, dass Bescheidenheit eine oft verschmähte und gerade von jenen Leuten missbilligte Tugend ist, die durch die Bescheidenheit anderer selbst eitel erscheinen. Und doch muss ich bescheiden bleiben, denn meine sporadische und unmaßgebliche Beteiligung am Kampf verbietet mir eine erhabenere Darstellung.

Einmal kehrte ich spätnachmittags aus einer der von mir regelmäßig aufgesuchten Bibliotheken nach Hause auf die Île Saint-Louis zurück, wo ich eine anscheinend heimliche und sich gerade auflösende Versammlung antraf. Ich stellte Paul zur Rede, und als ich die Wahrheit erfuhr, bat ich ihn, mich in seine «Zelle» aufzunehmen. Doch zu meiner nicht geringen Verwunderung sollte ich erfahren, dass die Résistance, die wahre Résistance, eine hochexklusive Organisation war, in der penibel darüber gewacht wurde, wer in ihrem Namen eine Waffe tragen durfte. Trotz anfänglichen Zögerns und in der festen Überzeugung, dass mich seine Genossen sowieso zurückweisen würden, ließ sich Paul schließlich dazu bringen, für mich ein gutes Wort einzulegen, und so tat ich während der folgenden zwei Jahre alles, was in meiner Macht und Kompetenz stand. Und damit soll die Sache ihr Bewenden haben.

Im Übrigen verschlang ich gierig und genauso heimlich Bücher. Mein Autor der Stunde war Hegel, den ich zusammen mit der unvergleichlichen Exegese von Alexandre Kojève las – ein reichlich ausgefallener Geschmack in einer Zeit, in der der große Philosoph selbst für die wenigen meiner Landsleute, die überhaupt von ihm gehört hatten, ein Boche wie jeder andere war. Und ein- oder zweimal in der Woche führte ich Louise aus, um mit ihr jeden noch so alten und schlechten Film anzuschauen, wenn er nur das war, was man «eskapistisch» nannte. Diese Filme waren unser Lebenselixier, unser einziges Mittel, um den Nazis, und sei es auch notgedrungen nur symbolisch, zu entfliehen.

Im August 1944 kapitulierten in Paris die deutschen Besatzungstruppen vor den Alliierten, und ein Jahr später war der Krieg zu Ende. Das von ihm zurückgelassene Europa glich einer grauenvollen und doch auf merkwürdige Weise befreienden Tabula rasa, deren malerisch-makabre Ruinen von unseren beschwingten und mit Schokolade, Kaugummi und Zigaretten bepackten Befreiern besucht und durchstreift wurden, als seien sie – wie manch anderer nachlässig gebaute (oder vielleicht sollte man sagen: von deutschen Stiefeln nachlässig in den Dreck getretene) Parthenon – einzig zu ihrem Vergnügen erhalten worden.

Dass mein Vater im Krieg sich in hohem Maße kompromittiert hatte, lag auf der Hand, und entsprechend kam er vor einen Ausschuss der *épuration*. Doch weil sein Vergehen harmloser war, als von mir lange Zeit vermutet, vielleicht aber auch nur deshalb, weil er neben den jetzt beinahe tagtäglich an Land gezogenen echten Ungeheuern ein allzu kleiner Fisch war, den man angewidert in seinen stinkenden Tümpel zurückwarf, fiel der Schuldspruch gegen ihn rein verbal aus. Ich missgönnte ihm dies keineswegs, doch über seine Missetat hatte ich bereits mein eigenes Urteil gefällt, das zu revidieren ich mich auch angesichts des milden öffentlichen Schiedsspruchs nicht bemüßigt fühlte. Jedenfalls sahen wir uns seit jenen Tagen und bis zu meiner endgültigen Abreise in die Vereinigten Staaten nur noch selten. Er, der früh Gealterte und an seiner Schmach Zerbrochene, verließ kaum noch sein Haus im Chevreusetal und starb 1951. Ich hätte ihm gerne auf dem Friedhof, wo bereits mein Großvater lag, das letzte Geleit gegeben, wäre meine finanzielle

Lage nicht so desolat gewesen und hätte ich es nicht als erbärmlich empfunden, meiner Mutter, deren eigene materielle Not in dieser schweren Zeit ich mir lebhaft vorstellen konnte, zur Last zu fallen.

Im Jahre 1949 wanderte ich also in die USA aus, nach vier nutzlosen, rastlosen und flauen Jahren, in denen ich faulenzte, meine *agrégation* in Philosophie ablegte und mir privat – eine Vorahnung genau der Reise, von der ich wusste, dass ich sie machen musste – ein fließendes Englisch aneignete (auch wenn mich die dafür gelesenen damaligen Modeautoren, Meredith, du Maurier und Charles Morgan, welche meinen mündlichen und schriftlichen Ausdruck in dieser Sprache für alle Zeiten prägen sollten, nur mangelhaft auf das elastisch-eklektische Idiom meiner Wahlheimat vorbereiteten). Europa hatte mir nichts mehr zu bieten, zumal ich ein paar Monate vor der Abreise, ich kam gerade von einem langen Wochenende bei meiner Mutter auf dem Lande zurück, feststellen musste, dass Louise, und anscheinend für immer, fortgegangen war – aber *dies* hatte ich ja kommen sehen. Sie hatte, wie mich eine aufreizend knappe Nachricht informierte, nur jene Dinge mit sich genommen, von denen sie wusste, dass sie ihr oder Paul gehörten.

Auch wenn später meine Gefühle Amerika gegenüber dadurch bestimmt werden sollten, dass ich mit seinen Sitten und Gebräuchen in unmittelbare Tuchfühlung kam, will ich doch nicht verhehlen, wie unwiderstehlich mir das Land erschien, als ich in jenem Morgengrauen wie Hunderte anderer Passagiere vom Zwischendeck aufs Deck kletterte, um New Yorks Fassade, seine in den Himmel schießenden Feuerzeuge und Briefbeschwerer zwischen verklebten Lidern hindurch zu bestaunen. Und die Aussicht darauf, nach den letztlich gar nicht so demütigenden Einreiseformalitäten auf der anderen, fernen Seite der Fassade wieder aufzutauchen, auf die sagenumwobene Erde hinauszutreten und *zwischen* jenen Zeilen und Zeilen von Wolkenkratzern hindurchzugehen, diese Aussicht gehört noch heute zum Erhebendsten, was ich je gefühlt habe.

Ich hatte ein paar Dollar, keine Freunde und eine einzige Kontaktperson, einen jüdischen Bekannten meines Vaters, der in den späten dreißiger Jahren in die Staaten ausgewandert war und jetzt in Greenwich Village eine kleine, feine und ruhige Buchhandlung führte. Raphaël sollte mein allererster Freund wie auch mein erster Arbeitgeber in Amerika werden, und die Freunde, die er und seine Frau hatten, wurden bald auch meine Freunde; sie waren allesamt Emigranten – das Exil kennt seine eigene Sprache und sein eigenes Nationalgefühl: Auch Leute, die aus einem Land geflohen sind, sind Landsleute und auf ihre Art auch allesamt Intellektuelle. Ein paar Jahre lang verdingte ich mich nun still und bescheiden in Raphaëls Laden und wohnte, mal alleine, mal zu zweit, in einer kärglich möblierten Zweizimmerwohnung an der Eighth Street. Bevor Amerika mich entdeckte, bevor es, wenn man so will, überhaupt von meiner Existenz

Notiz nahm (sieht man einmal davon ab, dass wir Einwanderer insgeheim alle glaubten, Amerika besitze wie Gott ein magisches Wissen noch über die geringste seiner Kreaturen), vor dem allem entdeckte ich Amerika, und nichts war mir zu schlicht und zu schäbig, als dass ich es nicht mit meinem liebevollen Einwandererblick verklärt hätte. Ich war glücklich, fleißig und immer wieder, wenn auch selten für lange Zeit, verliebt.

Am Sonntagnachmittag bewirteten Raphaël und seine Frau jeweils in einem Hinterraum des Ladens Gäste. Gelegentlich fanden dort auch wohlmeinende und für Greenwich Village geradezu typische Lesungen mit miserablen Poeten statt, welche sich im Anschluss bei Kaffee und Kuchen jedoch als äußerst reizende und keineswegs dumme Menschen entpuppten. Auch mich forderte man auf, einen Vortrag zu halten, und schon allein deshalb, weil ich mich in korrektem Englisch ausdrücken wollte, arbeitete ich so hart und so lange daran, dass allmählich (und ohne dass ich mir des Vorgangs recht bewusst gewesen wäre) ein elaborierteres Ding entstand, als dies eigentlich meine Absicht gewesen war.

Das Vortragsthema war Mallarmés *L'Après-midi d'un faune*, und ich entwickelte darin eine leicht verstiegene These über das merkwürdige, vom Dichter im Titel verwendete Wort «Nachmittag»; der Nachmittag nämlich entstammte im Grunde einer modernen Zeiteinteilung, die mit der im Gedicht aufscheinenden herkömmlichen Natur- und Geisteslandschaft der erotisierten klassischen Mythologie in Konflikt stand – die These handelte kurzum von der absichtlichen Inkongruenz, die entsteht, wenn Faune und Nymphen sich für ihre Ergötzlichkeiten nicht die typischen «klassischen» Tageszeiten aussuchen, nicht den Morgen oder Abend und nicht das Morgengrauen oder die Abenddämmerung, sondern den Nachmittag mit seinen tratschenden Teegesellschaften. In diesem Anachronismus aber, so führte ich aus, verberge sich nicht einfach nur eine für Mallarmé charakteristische Überfeinerung, sondern das exakte Modell einer bereits ironisch verbrämten Modernität, die ich viele Jahre später als Vorschein der Postmoderne begreifen lernte. Dies jedenfalls war mein zentraler *propos*; und obwohl Mallarmés Gedichte nicht gerade der letzte Schrei waren und den lärmenden Whitmanesken Tollereien denkbar fern standen, die mir vom Kreis der Sonntagsdichter jeweils vorgesetzt wurden, fand mein Vortrag Anklang – ich vermochte tatsächlich zu beobachten, wie sich der eine oder andere Zuhörer das eben Gehörte sichtlich «durch den Kopf gehen» ließ. Und durch ein wunderbares Geschick – und einem der Ziegfeldschen Talentscouts vergleichbar, die in jenen kitschigen und von mir seinerzeit so geliebten Musicalfilmen unerwartet bei einer Amateurrevue in der Provinz hereinschneiten, um die Naive vom Fleck weg zu engagieren – war in besagter Veranstaltung der Herausgeber einer einflussreichen Literaturzeitschrift zugegen, der den Vortrag, sofern ich ihn überarbeiten und kürzen würde, zu publizieren versprach.

Ich war «unter die Fittiche» genommen worden. Dank der Vermittlung jenes Herausgebers und der Resonanz auf meinen ersten und die zahlreichen folgenden Essays, die in seiner Zeitschrift erschienen, machte ich auch Bekanntschaft mit Harry Levin, Mary McCarthy und Edmund Wilson, welche allesamt voller Begeisterung von dem sprachen, was ich noch nicht als meine eigentliche Arbeit zu betrachten wagte, wovon ich aber doch mehr und mehr hoffte, es könne zu meiner Beschäftigung werden.
Zwar brannte ich im Grunde gar nicht so sehr darauf, die Buchhandlung zu verlassen, in der ich klaglos meine Arbeit verrichtete und die einem notorischen Bücherschmökerer wie mir kraft der kondensierten Unermesslichkeit ihrer Literatur riesig erscheinen musste (so klein ihre Ausmaße, die manch anderem wohl Platzangst einjagten, in Wirklichkeit waren). Doch ebenso wenig war es je meine Absicht gewesen, mich nicht Höherem zuzuwenden, und so las ich denn in jener Zeit nicht nur ausgiebig, sondern auch systematisch. Als sich nun meine neuen Fürsprecher gemeinsam für mein Vorwärtskommen einsetzten und Wilson großmütig einen Brief an den Leiter der kleinen Komparatistikabteilung in Breen abschickte (einem unbedeutenden College im Nordwesten des Landes, das mir daraufhin einen ersten und recht bescheidenen Lehrauftrag anbot), hatte ich aus dem oben erwähnten Grund ebenso wenig Zweifel an meiner Befähigung und Qualifikation wie daran, Raphaël und seiner Frau gegenüber keine weiteren Verpflich-

tungen zu haben, weshalb ich auch ohne jedes Zögern annahm.
Zunächst hatte ich bestimmt sogar viel zu wenig Zweifel an mir. In dieser Startphase meiner strahlenden neuen Laufbahn ließ meine Leistung als Dozent, wie ich fürchte, sehr zu wünschen übrig. Und obwohl ich mit meinem Gehalt problemlos über die Runden kam, trieb mich die Angst, über kurz oder lang entlassen zu werden, so weit, dass ich mich absicherte, indem ich einer Gruppe gackernder Matronen (denen es in erster Linie, wie ich zu glauben Anlass hatte, mein Akzent und mein gewinnendes Wesen angetan hatten) Privatstunden in Französisch und Deutsch erteilte und daneben einen linden Sommer lang als Platzanweiser in einem Kino arbeitete.

Mir fiel nichts in den Schoß. Doch im Laufe der Monate und Jahre wuchs ich in meine Arbeit hinein. Der regelmäßige Takt meines zufriedenen, zurückgezogenen Junggesellenlebens wurde vom Blinken der umgeblätterten Buchseiten geschlagen, und behutsam begann ich mich als Kritiker zu profilieren; meine Artikel erschienen nicht nur in verschiedenen Fachzeitschriften, sondern auch in den erlesensten nichtakademischen Intelligenzblättern, insbesondere im Literaturteil der *New York Times*.
Dann unterrichtete ich zwei Jahre lang in Amherst, und Mitte der sechziger Jahre war mein Ruf bereits so gefestigt, dass man mir, als ich gerade an meiner Dissertation arbeitete, einen dreijährigen Lehrauftrag an

der Cornell University anbot, welcher eine bescheidene Anzahl Vorlesungen und endlich einen anständigen Lohn beinhaltete und mir die Chance gab, aus erster Hand den «New Criticism» kennen zu lernen, der in den Englischabteilungen jener Zeit den Ton angab. Obwohl man meinen Essays ungewöhnlichen Scharfsinn und gedanklichen Tiefgang attestierte und sie auf dem Campus auch oft fotokopierte, widersetzte ich mich doch mit guten Gründen den Vorschlägen, sie gesammelt in Buchform herauszubringen, und erst 1972, genau zwei Jahre, nachdem ich in New Harbor Professor geworden war – denn innerhalb des akademischen Starsystems galt ich nun offensichtlich als «guter Fang» –, veröffentlichte ich mein erstes Buch, eine Studie über Yeats.

Dieses Buch, dessen Erscheinen in den fortschrittlichen akademischen Zirkeln für einigen Aufruhr, ja ich darf wohl sagen für einen Skandal sorgte, trug den Titel *Entweder/Entweder* – und dass ich es «geschafft» hatte, wurde mir klar, als ein Rezensent in der *Partisan Review* schrieb, das Buch werde grotesk überschätzt; denn um von einem Kritiker als überschätzt taxiert werden zu können, mussten es zuerst einmal verschiedene andere Kritiker in hohem Maße geschätzt haben.

Da unter Kollegen der englische Titel des Buches, *Either/Either*, beziehungsweise seine korrekte Aussprache immer wieder zu allerlei harmlosen Foppereien Anlass gab und dank Berichten in *Newsweek* und *Village Voice* für kurze Zeit sogar «in den allgemeinen Sprachgebrauch Einzug» hielt, setzte ich mich eines geschichtsträchtigen Abends ans klapprige Klavier unseres Fakultätsclubs (ein Ereignis, über das dann tatsächlich unser Lokalanzeiger, der *New Harbor Advocate*, berichtete), um auf launig-musikalische Art ein für alle Mal Klarheit zu schaffen. Zur Melodie von «Let's Call the Whole Thing Off», die ich auf dem knapp funktionstüchtigen Piano zusammenstümperte, sang ich mit leichter Baritonstimme und, wie zu befürchten ist, etwas an Maurice Chevalier erinnerndem Akzent:

«You say eyether and I say eeether,
You say writer and I say reader,
Eyether – eeether,
Writer – reader,
Let's call the whole thing off.»

Es folgten noch weitere Strophen nach gleichem Strickmuster, holprige und halb improvisierte Verse auf Yeats und Keats, Maud Gonne und John Donne – doch mein Auftritt war ein persönlicher Triumph, über den wahrscheinlich noch heute gesprochen wird.
Man wird sich erinnern: Genau zu jener Zeit waren der Tod des *Autors* und die damit einhergehende Erhebung des *Lesers* zum Interpreten des Textes, zu seinem einzigen Herrn und Gebieter, auf dem Höhepunkt angelangt. Diese Ideen kamen, wie so viele zuvor, ursprünglich aus Paris zu uns, und bis dahin waren sie bloß als bedächtiges, klägliches Rinnsal in die

akademischen Kreise meiner Wahlheimat durchgesickert. Aus diesem Grunde gelang es mir mit der zentralen Prämisse meines Buchs (die da lautete: *Wen interessiert, was Yeats sagen wollte? Seine Gedichte sagen*), mit meinem Beharren darauf, dass literarische Bedeutungen nicht vom nominellen Autor, sondern mittels einer Akkumulation sprachlicher Konventionen und Codes erzeugt werden (derweil sich meine Fachkollegen immer noch abmühten, *die* Interpretation zu isolieren), und schließlich mit meiner kategorischen Weigerung, die überlieferten Intentionen des Autors als privilegierte Informationsquelle zum untersuchten Werk zu behandeln – gelang es mir also mit dem allem, die friedlichen, unbewegten Teiche in den Ziergärten der Akademie aufzuwühlen.

Heute jedoch sind jene einst so radikalen Ansichten selbst in Amerika literaturtheoretische Gemeinplätze geworden, und eine grob verkürzende Darstellung wie diese läuft Gefahr, den wohlinformierten Leser zu ermüden und den uneingeweihten noch immer vor den Kopf zu stoßen. Es genüge deshalb festzustellen, dass für meinen damaligen Geschmack – bei aller Freude über die positive Aufnahme des Werks – die in *Entweder/Entweder* aufgestellten Prämissen noch zu stark bestimmten Modellen, in erster Linie französischen, verhaftet waren, um ganz befriedigen zu können.

Mein Leben sollte sich allerdings erst durch das zwei Jahre später folgende Buch von Grund auf ändern. Dieses Buch trug, wie wohl jeder wissen wird, den Titel *Die Teufelsspirale*; es handelte sich um eine Essaysammlung, die aus mir den weitaus berühmtesten Literaturtheoretiker der USA machte und aus New Harbor einen Brennpunkt für alles Neue, Kreative und Fortschrittliche auf meinem Fachgebiet. In großer Bescheidenheit hatte ich davon abgesehen, das von mir begonnene Projekt als «Theorie» zu bezeichnen, doch dies erwies sich als vergebliche Liebesmüh'. Denn gerade meiner Weigerung, dem Projekt einen Namen zu geben, war es zuzuschreiben, dass es – «es» – auf praktisch jedem Campus des Landes, mindestens aber in jeder Englisch- oder Komparatistikabteilung, schlicht und einfach als die *Theorie* Berühmtheit erlangte. *Die Theorie!*

Hätte ich geahnt, wie das Werk «einschlagen», wie es das kleine, enge, inzestuöse Universum der Literaturwissenschaften verschlingen, für wie viele erworbene und auch verdorbene Reputationen es verantwortlich sein würde, ich hätte mich ehrlich gesagt gegen seine Veröffentlichung ausgesprochen. Dabei hätte ich ja vielleicht wissen müssen, was geschehen würde. Der Sensation, die mein Buch auslöste, war ein Jahr zuvor die ebenso sensationelle Aufnahme eines Werks meines Freundes Harold Bloom vorangegangen. In *Die Angst vor der Beeinflussung* zeigte er geistreich und fesselnd auf, dass die Beeinflussung zwischen Schriftstellern keinesfalls ein gütiges, von gegenseitigem Respekt getragenes Weiterreichen der Fackel vom verehrten Meister an den verehrenden Schüler darstellt, sondern dass ganz im Gegenteil jene nachgeborenen Schüler, die die Regeln und Einsichten vom Meister übernehmen, zwanghaft unter ihrem verspäteten Erscheinen auf der Szene leiden und von ihren Vorläufern ödipal verfolgt werden, welche sie insgeheim verabscheuen, weil jene ihnen, wie sie behaupten, «die Suppe versalzen» haben, und die sie zwangsläufig falsch lesen müssen, gegen den traditionellen, abgewetzten Strich der Interpretation, wenn sie denn je für sich einen Platz an der Sonne ergattern wollen. Ich schätzte Blooms Buch sehr und stimmte auch im *Times Literary Supplement* ein Loblied darauf an, doch ganz privat konnte ich mit dem Pathos seines Konzepts der «Angst» nicht allzu viel anfangen. Bloom, so liebte ich zu scherzen, hatte Influenz mit Influenza verwechselt und Fabelbau mit Nabelschau.

Gleichwohl einig waren wir beide uns im Glauben an die Unvermeidlichkeit solchen «Falschlesens». Neu, und in der Tat explosiv, an der *Teufelsspirale*, an der *Theorie*, war ihre Darstellung der grundsätzlichen und endgültigen Fragwürdigkeit absolut jeder solchen «Lektüre»; und in einer berüchtigt gewordenen Passage wollte ich diese Art von Lesen ganz bewusst nicht auf den rein literarischen Kontext beschränkt wissen, sondern brachte zahllose weitere Erfahrungskategorien ins Spiel – gesellschaftliche Verhältnisse, Kriege, ja selbst den Tod –, deren Bedeutung genauso interpretationsbedürftig war wie diejenige so vieler «Texte». Je näher man einen Text betrachtet, desto heimtückischer büßt er Sinn oder Lesbarkeit ein, so wie umgekehrt ein Wort, je näher man es auf der Buchseite anstarrt, Lesbarkeit oder Sinn einbüßt und dem zusehends verwirrten Auge bloß noch als eigenartige und unzusammenhängende Folge von Schnörkeln erscheint. Die Wörter sind weit älter, launischer und erfahrener als die Schriftsteller, die der Täuschung unterliegen, sie «benutzen» zu können. Die Wörter *wissen Bescheid*. Niemand besitzt sie, und niemand kann bestimmen, wie sie gelesen werden sollen, schon gar nicht ihr Autor. Entsprechend muss, wie ich nachzuweisen versuchte und auch tatsächlich nachwies (sofern die Zahl meiner Anhänger und der blinde Eifer, mit dem sie sich meiner Sache verschrieben, dafür zuverlässiges Indiz sind), der literarische Text sich selbst und *a fortiori* die «Intentionen» seines Autors unterminieren; er wird stets seinen eigenen Weg gehen und mit den nicht privilegierten, ungesicherten und häufig einander widersprechenden Interpretationen sein Spiel treiben; und in der geschriebenen Sprache schlummert folglich immer die Möglichkeit, dass von ihr Bedeutungen, die sich wechselseitig ausschließen, bestätigt werden: weder entweder/oder noch weder/noch, sondern entweder/entweder.

Und so kam es, dass der *Autor* mit dem Aufkommen der *Theorie* für nichts weniger als tot erklärt wurde. Da ich demonstriert hatte, dass es an der Sprache war zu denken, und am Text, seinen Autor zu «schreiben», und nicht etwa umgekehrt, war nun endlich geklärt, was die Präsenz eines wie auch immer in diesen Text, in diese Sprache eingebetteten menschlichen Bewusstseins in Wirklichkeit war: eine Absenz, eine Leere. Die alten und handlichen pädagogischen Dichotomien, die so genannten binären Oppositionen, die einmal dazu gedient hatten, der umfassenden Wahrheit im inneren Universum eines Autors auf den Grund zu gehen – Identität und Differenz, Natur und Kultur, Selbst und Gesellschaft –, sie waren endlich auf den Kopf gestellt oder aufgehoben worden. Die «Bedeutung» selbst hatte ihre Schlüsselstellung in einem grenzenlos dehnbaren Netz von miteinander verknüpften Ideen verloren. Was man früher stets als das Wesentliche eines Textes interpretiert hatte, erwies sich nun jäh als nebensächlich, um nicht zu sagen irrelevant; dies wiederum hatte eine betörende Wirkung auf den motivierten Leser, da er nämlich entdeckte, dass jeder Text etwas ganz anderes zu sagen tendiert, als er «zu sagen intendiert». Oder dass er überhaupt nichts «sagt». Denn in der schrillsten und trotzigsten Note, die ich in der *Teufelsspirale* überhaupt anschlug und welche sich gegen sämtliche altehrwürdigen Gewissheiten der Literaturwissenschaft richtete, vertrat ich den Standpunkt, dass *jeder* Text unvermeidlich in eine von mir als *Aporie* bezeichnete letzte Sackgasse führe, bis zu einer nackten Mauer der Undurchdringlichkeit, dem Äußersten an Ungewissheit, an welcher Stelle seine einander widersprechenden Bedeutungen nicht mehr harmonisch nebeneinander bestehen könnten und seine fundamentale «Unentscheidbarkeit» für immer die elementarsten Annahmen des Lesers unterminiere.

Gerade diese letzte These war es, die mir die von der *Theorie* schwer geprüften Spötter *nicht durchgehen las-*

sen wollten – nein, im Grunde versuchten sie in die ganze Festung durch das Fenster einzudringen, das aufgrund der theoretischen Maßlosigkeit und des ungeheuerlichen Angriffs auf den gesunden Menschenverstand aufgestoßen worden war. Wie bitte? – so erhob sich ihr Gezeter von Berkeley bis Brown und von Wesleyan bis Columbia –, soll denn nichts mehr etwas bedeuten? Dass *Hamlet, Faust, Moby Dick* und *Die Göttliche Komödie* mehr als eine Bedeutung haben, schön und gut, aber sollen sie denn so unendlich viele Bedeutungen haben, dass es für den Leser bedeutungslos wird, auch nur einer davon nachzugehen? Und die Unerbittlichsten, die endlich etwas Faules gerochen zu haben glaubten, fügten bei: Und Auschwitz? Dresden? Hiroshima? My Lai? Alles bedeutungslose, nicht zu entziffernde Texte, die das Gegenteil von dem aussagen, was wir immer geglaubt haben? Kriege als Texte, erzählen Sie das sonstwem – den verstümmelten, vergasten, geblendeten, entstellten Opfern der Bürgertexte und der Guerillatexte und eines Tages bestimmt auch noch denen des großen Atomtextes.

Die meisten dieser Attacken gegen mein Buch, die weder aufschlussreich noch kränkend waren, verfehlten ihre Wirkung, stützten sie sich doch auf die emotionalen Nichtigkeiten und vulgären Sentimentalitäten genau jenes alten und lendenlahmen Humanismus, zu dem sich die *Teufelsspirale* in so schroffen Gegensatz stellte. Dass sich reaktionäre Elemente in New Harbor und anderswo von meinen Theorien bedroht fühlen würden, wusste ich schon lange, bevor jene ihre Einwände überhaupt in Worte fassen konnten. Dass sie vor dieser aporetischen Sackgasse zurückschrecken würden, die angeblich, in den zungenbrecherischen Worten eines feindseligen Kritikers, alle Texte «ununterscheidbar und unterschiedslos unbegreiflich» machte, das hätte ich gewiss ahnen können. Dass sie an meiner vielleicht tatsächlich ungeschickten Aussage, nach welcher «der Tod ein verdrängter Name für ein sprachliches Dilemma» sei, Anstoß, heftigen Anstoß, nehmen würden, auch darauf war ich vorbereitet. *Nicht* vorbereitet war ich auf die unversöhnliche Leidenschaft, die furchtlose Unnachgiebigkeit und nicht zuletzt die schiere Zahl meiner Schüler. Die *Theorie*, innerlich noch gefestigt durch die Halsstarrigkeit derer, die so entschlossen gegen sie Front machten, trug einen sofortigen und totalen Sieg davon. Ihre intellektuelle Überzeugungskraft und Unabhängigkeit, ihre Bilderstürmerei und Exklusivität, ihr kühnes fundamentales Vermögen, den Anhänger zu begeistern und den Gegner zu entsetzen, ihre schreckliche Demokratie – wie stürzten sich die Studenten auf diese Dinge, wie brannten sie darauf, sich der kalten Sinnlichkeit der Negativität hinzugeben. Die Welt stand kopf – was stets wahr gewesen war, war nun unwahr, was wesentlich gewesen war, unwesentlich, was bedeutungsvoll gewesen war, bedeutungslos – und es gab einen Sinn, es gab einen Sinn!

Aber, oh weh, für viele dieser Bekehrten ging es eigentlich gar nicht um eine Frage der Vernunft, sondern um eine des Glaubens, der Offenbarung – sie wollten *das Licht sehen*. Gerade eben waren sie noch verdutzt, ja empört gewesen, doch schon im nächsten Augenblick wussten sie haargenau, wovon ich sprach. Aus ihnen waren *Theoretiker* geworden.

Wie Byron wurde ich über Nacht zum Helden der Nation. Die große, stolz einherschreitende Welt der Literatur entdeckte mich, ernannte mich zum König, salbte und krönte mich. Die laubreichen, beigegrünen, ewig herbstlich scheinenden Straßen New Harbors entlang, im Schatten der auf dem Vorhof der Ruggles Library sich drehenden und in den Grundfarben glänzenden «Mobiles» von Calder, ging ich zwischen mir zugewandten Gesichtern und neidischem Gemurmel meiner Wege, und meine Kollegen und Studenten erwiesen mit fast unspürbar gesteigerter Achtung und Neugier der noblen Einsamkeit unatembar reiner Theorie ihre Reverenz. Morgens durchquerte ich, wie es schon früher mein Brauch gewesen war, auf dem Weg zu einer Vorlesung oder in die Bibliothek den städtischen Friedhof, den ich durch einen pseudomittelalterlichen Torbogen mit der Aufschrift «Die Toten werden auferstehen» betrat und dessen friedliche morgendliche Morbidität ich nur mit den grauen Eichhörnchen teilen musste, die auf den Grabsteinen kauerten, kleine Knäuel aus Fell und Furcht inmitten der Schar der Verstorbenen. So unermesslich schien mein schrecklich plötzlicher Ruhm zu sein, dass sich selbst die Toten flüsternd darüber un-

terhielten und die *Theorie* und ihre potentielle Anwendbarkeit auf die eigene Lage erörterten.
Auch meine materiellen Umstände veränderten sich merklich. Auf gar keinen Fall durfte der «gute Fang» jetzt entwischen – obwohl dieser «gute Fang» genau genommen keinerlei entsprechende Absichten hegte. Ich war so glücklich in New Harbor und fühlte mich, dank meines neu erlangten, wenn auch gar nicht erstrebten Ranges als *Theorie*-Papst, als das beste aller Wesen in der besten aller Welten, ein großer Fisch in einem großen Teich. Ich erhielt auch behutsam formulierte Schreiben von Leitern rivalisierender Komparatistikabteilungen (und in ein oder zwei Fällen schrieb mir sogar der Dekan persönlich), in denen mir, sollte für mich ein Wechsel in Betracht kommen, ein Lehrstuhl, ein Doktorandenkolloquium, eine unerschöpfliche Serie von Forschungsstipendien, akademische Urlaube nach Belieben und ein Büro mit Badezimmer oder sogar Schlafzimmer *en suite* in Aussicht gestellt wurden. Ich versuchte diese Angebote einigermaßen diskret zu behandeln – gerade gegenüber einem aus Irland stammenden Kollegen namens Donleavy, den die Praxis des «Headhunting» pathologisch in Beschlag nahm und der mir im Gymnastikraum des Tudor Club jeweils zurief: «Schau mal an, wenn das nicht unser Leo ist» – und seine Stimme senkte sich dabei augenblicklich zu einem schelmischen, verschwörerischen Flüstern –, «sag mal, Alter, hat dich in letzter Zeit irgendwer abzuwerben versucht?» Ich antwortete in solchen Fällen lediglich mit einem gekräu-

selten Lächeln, aus dem er alles und nichts herauslesen mochte. Doch Monate später, lange nach dem Abflauen des einst von der Medienmafia für mich und die *Theorie* gezeigten Interesses, durfte ich feststellen, dass mir auch in New Harbor viel vom akademischen Tand und Talmi zur Verfügung stand. Aus heiterem Himmel wurde mir ein neues, helles und geräumiges Büro mit Blick auf das Grün und die Kieswege vor dem Assistentenwohnhaus zugeteilt, wo ich die Hilfe verschiedener Abteilungssekretärinnen in Anspruch nehmen durfte. Über ein eigenes Schlafzimmer gebot das Büro zwar nicht, sehr wohl aber über einen gemütlichen Anbau in der Art eines Geheimzimmers oder Kabinetts, in dem eine recht große Couch stand, auf der man wohl nicht schlafen, aber immerhin dösen konnte. Und allmählich wurde ich auch von allerlei lästigen Abteilungspflichten entbunden, welche die Mitwirkung in verschiedenen Komitees beinhalteten; es stand mir frei, an den Kongressen teilzunehmen, die landesweit über mein Werk abgehalten wurden, und schließlich bedeutete man mir auch, falls ich wolle, könne ich mich beliebig lange in Connecticut oder auf Cape Cod verschanzen, um eine weitere *Teufelsspirale* – und, wer weiß, eine noch kühnere *Theorie* – hervorzubringen. Sofern von einer derart steifen und ätherischen Unternehmung so etwas überhaupt gesagt werden kann, war die *Theorie*, und damit ich, schick geworden. Doch ich schätzte mich glücklich, dass das Modische an ihr nicht mit einer Intensivierung meines so gut wie inexistenten gesellschaftlichen

Lebens einherging. Wahrscheinlich war ich als Denker doch zu verschlossen, zu elitär, einfach zu haarsträubend hermetisch, um von *Time* oder der *New York Times* interviewt zu werden, und so blieb die undankbare Aufgabe der Vulgarisierung meinen leut- und redseligeren Schülern überlassen. So jedenfalls war es geplant gewesen. Doch merkwürdigerweise entpuppten sich jene Bücher, welche auf den Spuren meines eigenen wandelten und deren erklärtes Ziel die Erläuterung ebendieses Buches war – ich denke etwa an Ethan Darwells *Über die Theorie*, Sarah Everetts *Kritik in der Krise*, das Werk *Saint-Trope* meines Freundes Saïda und das, für manche wohl überraschend, aus England kommende *Die Bewohnbarmachung der Leere* von de'Ath –, als weit abstoßender und unlesbarer als alles, was ich in der *Teufelsspirale* geschrieben hatte.

Als Literaturtheoretiker stelle ich meine Leser, wie mir wohl bewusst ist, schon vor genug Probleme, wenn auch einzig deshalb, weil die von mir behandelten Konzepte an und für sich problematisch sind. Ich schmeichle mir jedoch, im Begrifflichen eine ziemlich heroische Klarheit bewahrt zu haben, bedenkt man die Versuchungen, denen die Jünger der *Theorie*, von denen es manche schon zu entzücken scheint, wenn sie mit dem Kleingeld der entsprechenden Terminologie klimpern dürfen, nie haben widerstehen können. Ich habe mich *beispielsweise* nie bemüßigt gefühlt, ständig auf das *Pedal* der *Kursivschreibung* zu treten. Ich glaube nicht, als Theoretiker das «Gesicht» zu verlieren, wenn ich «es» unterlasse, mich von den rhetorisch «überlieferten» Eigenschaften eines Wortes zu «distanzieren», indem ich es mit einem anmutigen kleinen Schwarm von Anführungszeichen schmücke. Ich wäre nie auf den Gedanken gekommen, dass ich die Bedeutung/Resonanz meines Schreibens ausdehnen/verfeinern könnte, indem ich jedes zweite Wort mit einem Schrägstrich/Längsstrich aufspalte. Oder dass ich den Text mit einem sichtbaren Ausstreichen entstellen könnte, als ~~Symbol~~ für die polyseme Vieldeutigkeit jeden Diskurses. So abstrus, aber auch so gewichtig schien mir das, was ich sagen wollte, dass ich es mit aller Kraft von jeglichem Jargon freizuhalten versuchte, auf den ich sowieso mit beinahe körperlichem Ekel reagiere.

Ich will meine Bescheidenheit aber auch nicht so weit treiben und zu leugnen versuchen, dass die Popularität der *Theorie* wie auch das anfängliche Ausbleiben von persönlichen Animositäten seitens ihrer zahlreichen erklärten und lautstarken Gegner maßgeblich meinem Charme und Verstand zu verdanken waren. Es hat, wie ich weiß, stets etwas Anrüchiges, wenn jemand in der ersten Person von seinem Charme berichtet, scheint doch eine solche durch den Träger der Eigenschaft erfolgende Offenbarung genau die Eigenschaft zu dementieren, die sie anpreist. Doch ich will nicht so tun, als sei mir die Wirkung meines Auftretens auf andere entgangen, diese seltene Mischung aus Verbindlichkeit und Reserviertheit, aus dem Tatendurst der Neuen und dem guten, altmodischen Weltschmerz der Alten Welt, ein Cocktail an Eigenschaften, mit dem sich zuverlässig die Zweifler bezwingen und die Lästerzungen in die Flucht schlagen ließen und deren Verführungskraft gerade auf die Studentinnen besonders groß war. Dass ich mein Genie auf die leichte Schulter nehme, darin war man sich einig.

Astrid Hunneker war eine Studentin, auf die jener betörende Charme seine unheimliche Wirkung besonders ausübte. Selbst die verschwommene Weite eines bis auf den letzten Platz belegten Hörsaals konnte meine Augen nicht davon abhalten, unverzüglich mit ihrem forschenden Blick Fühlung aufzunehmen. Sie, die von aufblitzendem Scharfsinn geprägte, wenn auch in allzu konventionellen Bahnen denkende Studentin, war von Mount Holyoke nach New Harbor gekommen, um ihre Dissertation zu schreiben. Als Doktorvater hatte sie sich, offenbar ohne auf die Einwände ihrer Freunde oder auf die eigenen Bedenken Rücksicht zu nehmen, Herbert Gillingwater ausgesucht. Gillingwater, dies muss ich erklären, um wenigstens anzudeuten, was die *Theorie* alles in den Hintergrund, wo nicht in den Abgrund drängte, Gillingwater also gehörte zu den altgedienten Fachkräften der Universität, ein durchschnittlicher, routinierter Gelehrter, der seit Urzeiten seine Vorlesung über Kultur und Gesellschaft hielt und selber nie etwas Nennenswertes publiziert hatte. Er war eine Art umgekehrter Peter Pan, und keiner hatte ihn je jung erlebt. Tatsächlich ließen ihn sein mausgrauer, vom Nikotin angegilbter Schnauzer und der eindeutig sepiabraune Bart, diese enorm unappetitlichen abgelegten Kleidungsstücke eines Urahnen, noch älter wirken, als er schon war. Von ihm, diesem Junggesellen in Reinkultur, wurde auch behauptet, sein bei jeder Witterung getragener Kordanzug sehe deshalb so zerlumpt und zerknittert aus, weil er diesen etwa alle sechs Monate dadurch auffrische, dass er ihn einfach in ein mit siedendem Wasser und Waschmittel gefülltes Spülbecken tauche. Doch so heillos zurückgeblieben er auch war, so hoffnungslos anachronistisch er neben den lautersten Adepten der *Theorie* wirkte, so sehr wurde er als Mensch verehrt, und er galt als das liebenswerteste Geschöpf auf dem ganzen Campus. Ehrgeizige Neigungen waren ihm so fremd wie Feindschaften. Ihn nicht zu mögen war genauso unmöglich, wie seinen «Geist» zu bewundern.

Ein- oder zweimal hatte ich ihn, ohne rechte Absicht, in der Öffentlichkeit bloßgestellt. Ich erinnere mich an ein Abendessen im Speisesaal des Fakultätsclubs nach einer Gastvorlesung des britischen Literaturprofessors und Romanciers David Lodge. Eine harmlose, heitere Bemerkung Lodges nahm der seinerseits angeheiterte Gillingwater zum Anlass, sich über Keats' «Ode an eine Nachtigall» auszubreiten, die er mit der auftrumpfenden Pose eines Impresario dröhnend rezitierte und dabei umständlich und mit für ihn typischer Zopfigkeit das in seinen Augen beispiellose Pathos herausstrich, das der Dichter in der letzten Zeile der zweitletzten Strophe in die Worte «Fabelmeer» und «Fabelland» gelegt hatte:

«Unsterbliche! Du Vogel Ewigkeit!
Nein, dich zertritt kein hungriges Geschlecht.
Ich höre deine Stimme in der Zeit,
Wie sie den Kaiser anflog und den Knecht.
Vielleicht ist es das alte Lied, das Ruth
Ins Herz drang, als sie ohne Heimat war
Und Tränen ausgoss über fremdem Korn;
Dies Lied, das oft mit Glut
Auf Luken hexte Gischtflug und Gefahr
Des Fabelmeers, im Fabelland verlorn.

Verloren! Wort wie pures Glockenerz!
Sein Klang reißt mich von dir zu meinem Leid.
Adieu! Denn Phantasie betört das Herz,
Lügt sie auch gut, nur eine kurze Zeit.
Adieu! Adieu! Dein Schluchzen löst sich rein
Auf Auen, vor des Stromes stillem Gang,
An Halden hin und ruht nun nach und nach
Im hohlen Talgrund ein.
Wars ein Gesicht – ein Spuk? Wie fehlt Gesang!
Ich weiß nicht: Schlaf ich, schlaf ich – lieg ich wach?»

Wir hörten uns dies alles in großer und gerade in Lodges Fall wohl besonders akuter Betretenheit an, die so peinigend war, dass man sie als Ergriffenheit missdeuten konnte. In die nun eintretende Stille, die sich der arme, verblendete Gillingwater offensichtlich mit dem allseitigen und dringenden Bedürfnis nach einem Augenblick der ehrfürchtigen Andacht erklärte, ließ ich die Bemerkung fallen: «Weißt du was, Herbert, in mei-

nen Ohren hat ‹Fabelland› immer wie ‹Flaschenpfand› geklungen.»
Es war bezeichnend für seine unzerstörbare Liebenswürdigkeit (die es nicht verdiente, so oft und so hart auf die Probe gestellt zu werden), dass sich nach einem kurzen Augenblick, in dem es so aussah, als breche er gleich in Tränen aus, die Anspannung in seinen gedemütigten und glücklosen Zügen plötzlich löste und er als Erster loslachte.
Seit jenem Abend war Gillingwater so etwas wie ein Boswell an meiner Seite, der sich von meinen spontanen Eingebungen – die mit seinen eigenen literarischen Ansichten oft recht unzimperlich umsprangen – ebenso fasziniert zeigte, wie er der Komplexität des theoretischen Werkes, auf das sich meine Berühmtheit zu großen Teilen gründete, weniger feindselig als vielmehr konsterniert gegenüberstand. Erinnerlich ist mir heute noch sein ständig lockendes und ungläubiges «Ach, *komm* schon, Leo ...», wann immer ich in jener Theorie schwelgte oder unbeschwert über einen Schriftsteller, Nabokov zum Beispiel, herzog, für dessen Romane er eine mir unbegreifliche Schwäche hatte. Als er Nabokov einmal einen «writer's writer» nannte und ich seelenruhig (und zugegebenermaßen nicht völlig unvorbereitet) konterte, dass er ein solcher allenfalls in dem Sinne sei, in dem in England ein Kammerdiener als «gentleman's gentleman» bezeichnet werde, da warf er mir den Ball mit einem treuherzigen und unvermeidlichen «Ach, *komm* schon, Leo ...» zurück (wie mein eigener Akzent war auch der Akzent

auf meinem Vornamen verschwunden), um dann loszukichern, als sei ihm nicht einfach die schamloseste, sondern die geistreichste Verleumdung seines Lebens zu Ohren gekommen. Und als er die Anekdote dann, wie es seine Art war, weitererzählte, wäre es ihm nie eingefallen, dass das Bonmot, um zu zünden, nicht unbedingt davon abhing, dass er selbst schicksalsergeben die Rolle des Blödians übernahm. Es sah Herb ähnlich, dass er die Geschichte immer frohen Mutes gegen sich selbst erzählte.

Jedenfalls war Gillingwater Astrid Hunnekers Doktorvater. Und da ihre Dissertation, wie ich bald erfahren sollte, eine nicht gänzlich plausible feministische Interpretation der *Frau in Weiß* mit dem Titel «Stimmenbündel – Das Geschlecht des allwissenden Autors» war, fand er sich in einer Rolle wieder, für die er (was ihnen beiden schließlich gleichzeitig dämmerte) die größtmögliche Fehlbesetzung war. Nun verhielt sich, wie Astrid mir später erzählte, die Sache jedoch so, dass sie am Mount Holyoke College (einer der prüderen der so genannten «Seven Sisters» und in Astrids Augen nicht viel mehr als ein schlichtes Mädchenpensionat) wenig Erfahrungen gesammelt hatte, die sie auf die fieberhaft geführten intellektuellen Spekulationen vorbereiteten, für die New Harbor zu jener Zeit unangefochtener Dreh- und Angelpunkt war. Scharfsinnig und träge, wie sie war, hatte sie sich in der vagen Hoffnung für Gillingwater entschieden, dieser werde sie ihre eigenen und eigensinnigen Wege gehen lassen, und erst spät war sie zur bitteren Einsicht gelangt, dass um sie herum aufregende und *schicke* Dinge passierten. Die Zeit und die *Theorie* schienen an ihr vorüberzugehen, und Herb war kaum der Mann, der ihr im Dickicht einen Weg freischlagen konnte. Einer meiner Doktoranden – ein aggressiver Bursche namens Ralph MacMahon, der konstitutionell unfähig schien, mit seiner eigenen Dissertation je fertig zu werden – hatte Astrid auf einen Essay aufmerksam gemacht, den ich über Wilkie Collins und die Ursprünge der von ihr so fanatisch verschlungenen Kriminalliteratur geschrieben hatte. So fing, wenn es mir recht ist, alles an. Da sie augenblicklich, wie sie sich mir gegenüber ausdrückte, «völlig hin» war, wandte sie ihre nunmehr entzündete Neugier zuerst *Entweder/Entweder* und dann der *Teufelsspirale* zu. Der Zauber wirkte – aus ihr war eine *Theoretikerin* geworden.

Obwohl sie bereits an Gillingwater gebunden war, suchte sie mich eines Tages in meinem Büro auf, um sich zu erkundigen, ob sie einige meiner Vorlesungen besuchen dürfe. Eigentlich hätte ich nein sagen sollen, waren doch diese ohnehin schon überbelegt – und außerdem hätte sie mich deswegen bestimmt nicht angefleht. Schließlich aber gab ich ihr, da sie mich wider Willen faszinierte, meine Zustimmung. Gleichfalls entsprach ich Herbs nicht völlig unerwarteter Bitte, Zweitgutachter und damit praktisch, wenn auch nicht formell, Astrids Doktorvater zu werden. Denn als in ihrer mal unbeholfenen, mal geistreichen Dissertation etwa auf halber Strecke unübersehbare Anzeichen eines schleichenden *Theorie*-Einflusses, eines eigentlichen *Theorie*-Fiebers, auftauchten, da wusste Gillingwater, dass er mit seinem Latein am Ende war. Astrid begann mit mir Termine nach den Vorlesungen zu vereinbaren, begegnete mir in der Stadt ganz zufällig im Kino oder in einem Café, gelegentlich einen vornübergebeugten und griesgrämigen Ralph im Schlepptau, der, wie ich sofort erkannte, wenig Neigung zu verträumter Götzendienerei verspürte. Und eines Abends saß ich in Manhattans Public Theater lediglich zwei Reihen von den beiden entfernt – was mir allerdings *wirklich* ein Zufall zu sein schien. (Wie musste ihr ob des unerwarteten Glücksfalls das Herz im Leibe lachen!) Und als sie schließlich ihre Doktorarbeit abgeschlossen hatte und dafür sogar irgendwie – vielleicht gegen Bezahlung? – einen «Frauenverlag» fand, der seine schlaffen Broschüren mit den raufaserigen Umschlägen in Carmel, New Jersey, auf der Handpresse druckte, schickte sie mir ein Exemplar, in das sie die lächerliche Zueignung gekritzelt hatte: «L. S. gewidmet, der sich mir gewidmet hat».

Es vergingen acht Monate, bis ich sie wieder sehen sollte. Aus heiterem Himmel vereinbarte sie mit mir einen Termin. Ich erinnere mich, dass sie mein Büro betrat wie immer, den Kopf eine Spur zu steif hochhaltend, sich in den gleichen Stuhl setzte wie immer, augenblicklich die Beine übereinander schlug und sich so routiniert den Rock übers rechte Knie zog, als zupfe sie eine Manschette hervor. Ob nun mit oder ohne Absicht, jedenfalls reichte sie mir ihre strengen und erotischen Züge Stück um Stück wie leckere Cocktail-Häppchen auf einem Tablett dar: ihre hinter der randlosen Großmutterbrille merkwürdig verletzlich wirkenden Augen, geformt wie Portugiesische Austern; ihre Haare, diese Zauberlocken einer Zauberin, die sie sich die ganze Zeit affektiert aus den Augen strich; ihre Pfirsichwangen, bei denen ich stets Hände assoziierte, in die man bei eiskaltem Wetter hineinhaucht; ihre eigenen, ziemlich zappeligen Hände, die bis zu den Knöcheln aus den herunterhängenden Ärmeln eines großen, weiten Pullovers hervorguckten; ihre gekreuzten, erstaunlich glatten und scherenartigen Beine.

Sie kam gerade sonnengebräunt aus Europa zurück, und so hielten wir halt «einen Schwatz über Europa», derweil ich geduldig abwartete, dass sie zur Sache komme. Und die Sache, als sie schließlich dazu kam, war die, dass sie – ob mit oder ohne meine Autorisation – meine Biographie zu schreiben beabsichtigte.

Als sie mir ihr Vorhaben eröffnete, schaute ich als Erstes instinktiv auf die Uhr. Dies – ein bloßer Reflex meinerseits, so ungünstig er, wie mir schlagartig bewusst wurde, zeitlich auch gewählt war – fasste sie völlig falsch auf. Das gleichermaßen trotzige wie besorgte Lächeln, mit dem sie mir ihre Nachricht verkündet hatte, schwand rasch aus ihren Zügen und machte einem verdrießlichen Schmollen Platz. Sie war verstimmt, offensichtlich aber auch verdutzt, dass ich mir ausgerechnet den entscheidenden Moment unseres Gesprächs ausgewählt hatte (jenen Moment, in dem

sie ihre Trumpfkarte ausspielte), um eine Haltung erkennen zu lassen, die sie wohl als schroffe, nervöse Unduldsamkeit deutete. Doch wie konnte ich ihr vermitteln, dass ich auf der Uhr eigentlich nicht die Zeit, sondern sozusagen Zeit suchte; dass das, was ich sah, und alles, was ich sah (soweit ich überhaupt etwas sah), der Sekunden- und der Minutenzeiger waren, welche als Hase und Igel rund ums Zifferblatt ihren immer währenden Wettlauf vollführten, wobei jener streng gemessen voranschritt, während dieser mit listigem, verstohlenem Gang immer schon «all hier» war? Wie konnte sie ahnen, dass ich seit bald siebzehn Jahren auf jemanden wartete, der mir sagte, was sie gerade gesagt hatte – darauf wartete, dass dieses Ereignis endlich eintrete, als sei seine «Stunde» gekommen? Und wie konnte ich ihr mitteilen, dass ich meine Entscheidung, nun die Flucht nach vorne anzutreten, bereits getroffen hatte – und sei es vielleicht just in der Sekunde, in der sie mir ihr Vorhaben enthüllte. Wenn etwas zur Sprache kommen muss, muss es zur Sprache kommen. Irgendwann muss es einfach zur Sprache kommen.
«Verstehe ich Sie richtig, Professor Sfax», erkundigte sie sich in einem Ton, der ahnen ließ, dass ihre Kühnheit erneut die Oberhand gewonnen hatte, «dass Ihre Vorbehalte ...»
«Aber ich habe doch überhaupt keine Vorbehalte», entgegnete ich, zum ersten Mal seit meinem Fauxpas lächelnd. «Im Gegenteil, ich bin ganz einverstanden – so unmaßgeblich das sein mag.»

Sie vermochte kaum zu fassen, dass sich das Blatt scheinbar radikal zu ihren Gunsten gewendet hatte.
«Sie legen mir also – was ich sagen möchte, Sie legen mir also keine Hindernisse in den Weg?»
Ich versprach, ihr auf jede erdenkliche Weise behilflich zu sein – denn ich glaube an Diplomatie und, sofern es die Umstände erlauben, auch an Toleranz –, und ich bot sogar an, ihre Nachforschungen mit der Abfassung eines kurzen einführenden Textes zu unterstützen. Im gleichen Atemzug wies ich sie jedoch darauf hin, dass es recht wenig sei, was ich wirklich tun könne, zumal die meisten Angaben, die einen früheren Abschnitt meines Lebens beträfen, nicht mehr eingeordnet oder überprüft werden könnten, da zu viele der entsprechenden Dokumente verloren gegangen seien. Es sei aber auch verfrüht, sich über diese Dinge den Kopf zu zerbrechen. Verständlicherweise hatte sie zuerst mit mir sprechen wollen, bevor sie sich auf Verlagssuche machte, und ich will gleich gestehen (obwohl ich ihr gegenüber selbstverständlich nichts Derartiges verlauten ließ), dass ich bereits in dieser frühen Phase dem ganzen Unterfangen eine äußerst düstere Zukunft prophezeite.
Als ich sie zur Bürotür geleitete, fiel mein berühmter milder Blick auf ihr hellhäutiges, hageres, ebenso aristokratisches wie «East Coast»-typisches und außerordentlich hübsches Gesicht, welches von einem rötlich-braunen Haarschopf umrahmt wurde wie ein Spielzeugtheater von Pappvorhängen.
«Ihnen ist doch wohl klar», bemerkte ich, noch immer

lächelnd, «dass Sie mich niemals *einfangen* werden? Das ist noch nie jemandem gelungen.»
Nun war sie es, die lächelte, breit, ja beinahe mädchenhaft – ein Lächeln, so spontan und unbedacht wie ein schamhaftes Erröten.
«Wussten Sie nicht, dass ich bildhauere?», fragte sie unvermittelt, als sei ihr dies sozusagen «anzusehen», denn mir war schleierhaft, wie ich sonst davon hätte wissen sollen.
«Ach – tatsächlich?»
«Leider nur Gegenständliches, meistens Köpfe. Aber manche behaupten, ich könne sehr gut porträtieren. Ich würde gerne ein Porträt von Ihnen machen – wenn Sie mich lassen.»
Geziert ausweichend antwortete ich, nun sei es erst einmal am Verlag, sie zu lassen – «Wo ein Wille ist, ist auch ein Weg», murmelte ich, «… oder besser gesagt, wo ein Weg ist, ist auch ein Wille.»
Sie lachte, und mit einem Händedruck verabschiedeten wir uns.
Ich nahm wieder am Schreibtisch Platz und ließ die seltsame kurze Szene Revue passieren. Wieder warf ich einen Blick auf die Uhr, doch dieses Mal lediglich, um die Zeit abzulesen. Ihr Termin bei mir war um fünf gewesen, und nun war es eine Minute nach halb sechs. Es hatte also bloß eine halbe Stunde gedauert, bis die Würfel gefallen waren. Und eine Bildhauerin hatte sie geworfen. Eine Bildhauerin? Beschert denn das Schicksal jedem in seinem Leben mindestens eine Bildhauerin? Astrid! Schon ihr Name kündete vom

«Kreativen» in all seinem furchtbaren Schrecken. Nein und nochmals nein, ihr durfte ich meinen Kopf nicht anvertrauen.

Ich vergewisserte mich, dass ich an diesem Nachmittag keine Termine mehr hatte, und schaltete gut gelaunt meinen Mac ein, denn ich konnte mit dem restlichen Tag anfangen, was mir beliebte. Ich erstellte eine neue Datei, gab ihr das Passwort *Hermes* und starrte bestimmt fünf oder sechs Minuten auf den Bildschirm, auf die blanke, weiße Bildschirmseite. Schließlich fing ich zu tippen an (im Prinzip bin ich ein Zweifingermensch, ja eigentlich sogar ein Einfingermensch, denn der linke Zeigefinger dient lediglich als Gehilfe des rechten und interveniert, wie die weniger flinke Hälfte in einem Tennisdoppel, um sich hier ein Komma, dort einen Apostroph zu schnappen) und schrieb die siebenundvierzig Seiten, die du, Leser, soeben gelesen hast.

Leser, ich lüge. Englisch ist für mich wirklich immer *eine Sprache zum Lügen* gewesen, die Sprache, in der ich die Vergangenheit aufzulösen oder zu zerstören versuchte – die Vergangenheit, von der man sagt, selbst Gott vermöge sie nicht zu ändern. Doch in meiner Identität als Lügner ebenso wie in jener Identität, die ich herbeigelogen habe, bin ich, wie man verstehen wird, jenes fatal vorbestimmte Produkt von Generationen und Generationen von Vorvätern und somit das Gefäß ihrer Fehler, ihrer Untaten, ihrer Verbrechen; einer derart explosiven Pulverspur hat noch niemand, weder du noch ich noch sonst wer, je zu entkommen vermocht. Wir mögen versucht sein (und vielleicht versuchen wir es tatsächlich), uns eine völlig neue Vergangenheit überzustreifen, eine Vergangenheit, deren Produkt wir vielleicht lieber gewesen wären als das Produkt, das wir in Wirklichkeit sind. Ein solches Unterfangen birgt jedoch Gefahren in sich, weil es nie möglich sein wird festzulegen, wo die Grenzen jeder Art verleugneter Vergangenheit genau liegen, und weil die neu ersonnene Natur am Ende vermutlich auch schwächer sein wird als die ursprüngliche, denn der Schöpfer ist zwangsläufig stärker als sein Geschöpf.

An Bord des italienischen Schiffes, das mich von Europa wegbrachte, machte ich Bekanntschaft mit Tito. Dieses Schiff – das genaue Gegenteil des luxuriösen, schnittigen Ozeanriesen, des schwimmenden Amerika, wie ich es mir als phantasiebegabter Reisender bereits ausgemalt hatte – war ein rußiger und uralter Dampfer aus Palermo, der in Marseille, wo ich an Bord ging, bereits knirschte und keuchte unter der Last der erbärmlich darauf zusammengedrängten Menschenmassen, aber auch unter den Matratzen, Kinderbetten, Stühlen, Lampen, Pappkoffern und Vogelkäfigen, ohne die kein zeitgenössischer Exodus wirklich vollkommen zu sein scheint. Die stickige, lediglich einige Zentimeter über der Wasseroberfläche liegende Kabine, welche man auch nicht ansatzweise komfortabel nennen konnte, teilte ich mit drei Italienern Anfang dreißig; sie hatten Brustkästen wie Güterpacker, so stark und stramm wie Harnische, welche ihre Unterhemden spannten. Diese weißen und während der ganzen Fahrt kein einziges Mal gewechselten Unterhemden mochten schon beinahe als Kalender herhalten, verzeichnete doch ein brandiger, vom Äquator des Gürtels hochsickernder Schweißfleck die Tage, die wir schon auf See waren.

Keiner der drei sprach Französisch, und bloß Ernesto (oder Tito, wie ich ihn zu nennen sogleich aufgefordert wurde) etwas Englisch, wenn auch höchst fehlerhaft. Immerhin aber so gut, dass ich seinen ermüdenden Beichten – die er besonders dann abzulegen liebte, wenn sich seine Gefährten in den Kojen aufs Ohr gehauen hatten – entnehmen konnte, dass sie allesamt keineswegs Güterpacker oder Ähnliches seien, sondern ehemalige faschistische Milizsoldaten aus der Emilia-Romagna, die nach Mussolinis Fall nach Sizilien geflohen waren, wo sie von der Mafia versteckt wurden, der sie als Schutzgeld beinahe ihr gesamtes kleines, zusammengeraubtes Vermögen hinblättern mussten. Mit ungeheuerlichem Gleichmut ließ mich Tito seinen selbstverständlich gefälschten Pass befingern und erzählte, dass ein amerikanischer Offizier ihre Ausreise für den Rest der sauer verdienten Kriegsbeute ermöglicht habe.

Tito war ein nicht leicht zu durchschauender Mensch, eine doch schillerndere Persönlichkeit, als ich unter den gegebenen Umständen anzutreffen erwartet hätte, nicht nur dünnhäutig und leicht zu kränken, sondern auch ein moralischer Analphabet. Als er von den kleinen Grausamkeiten berichtete, die er begangen hatte (welche meist in irgendeinem Zusammenhang mit Rizinusöl standen und, soweit er sich im Rausch überhaupt dazu bekannte, in keinem Falle den Tod eines Dritten herbeigeführt hatten), reklamierte er für sich reinen, ideologiefreien Opportunismus. Der Opportunismus, das kleinste aller Übel, sollte ihm für alle Ewigkeit Rechtfertigung und Alibi sein. Er sei kein Faschist gewesen, erzählte er, denn die Faschisten hasse er, schon wenn er das Wort höre, müsse er spucken – aber ein Mann habe nun einmal auf dieser Welt seinen eigenen Weg zu gehen (dies ließ er sich von mir in gerissen italienischem Schmeichelton entlocken), und in einer faschistischen Welt könne ein solcher Weg eben nur faschistisch sein. Und dann entblößte der Opportunist seine tadellosen Zähne und grinste wie ein Filmstar.

Wir beide steckten die meiste Zeit komplizenhaft zusammen. Mal hockten wir im Schneidersitz auf der mittleren, mal im Damensitz auf dem Rand meiner unteren Koje, hielten unter der niedrigen, meist durchgebogenen Segeltuchdecke die Köpfe beinahe wie weidende Kühe gesenkt und verkürzten uns mit Schach die tägliche, stündliche Monotonie der Reise.

Tito war der ungleich bessere Taktiker und nie um einen sinnvollen Zug verlegen; jeden meiner sinnlosen Züge, jede grobe und fragwürdige List quittierte er mit einem Kopfschütteln, ja manchmal kratzte er sich sogar wie ein Bauerntölpel in einer Slapstickposse am

Kopf und wies mit seinem wulstigen, schwieligen Zeigefinger, mit dem langen, harten, mandelförmigen und tödlichen Fingernagel auf die fehlbare Figur und erkundigte sich voller Schalk in freundlich-verdutztem Tonfall: «Weil?» – denn mit dem Unterschied zwischen «warum» und «weil», für die in seiner Muttersprache in beiden Fällen «perché» steht, war er noch nicht recht vertraut. Und wenn ich gelegentlich meinen widerstrebenden König beinahe ins Schach hineinschob, machte Tito seinem Verdruss über mich Luft, rollte die Augen gen Himmel, bis sich ihr Weiß mit dem Weiß seiner Zähne deckte, und stöhnte: «Weil, Léo? Weil du das gemacht?»
Weil? Weil ich das gemacht? Diesen Satz, diesen großartigen, grotesken Schnitzer, bekam ich von ihm nachts, um vier oder fünf Uhr früh, immer wieder zu hören; er verkürzte meine Vergangenheit, während sich das Schiff meiner Zukunft entgegenpflügte. Weil? Weil?

An einem Abend des Jahres 1941 fand im Salon meiner Eltern eine Einladung für Arno Breker, Hitlers Lieblingsbildhauer, statt. Alain Laubreaux forderte mich dabei mit umständlichem Aplomb auf, für *Je suis partout* eine wöchentliche Kolumne über aktuelle literarische und kulturelle Ereignisse zu schreiben. Ich hätte gewiss ablehnen können, ohne persönlich das kleinste Risiko einzugehen, und zögerte die Entscheidung hinaus – und mein Zögern sollte auch noch lange nach dieser unserer ersten Begegnung anhalten. In diesem Zögern war jedoch die Zustimmung bereits enthalten. Ich hatte meine Entscheidung schon dort im Gesellschaftszimmer getroffen, mich an sie herangepirscht, so nah ich nur konnte, ohne mit der Zusage tatsächlich herauszuplatzen; nichts als Selbstachtung hielt mich noch zurück – der Wunsch eines viel versprechenden, aufstrebenden Jünglings, nicht dabei erwischt zu werden, wie er sich heißhungrig auf das erstbeste an ihn herangetragene Angebot stürzt.

Laubreaux war nicht regelmäßig Gast im Haus meines Vaters, und an jenem Abend hatte er sich wohl selbst eingeladen. Er gehörte genau zu jenen Kollaborateuren, die sich im Falle einer Katastrophe stets flink eine günstige Ausgangsposition verschaffen, der geborene Verlierer, der sein eigenes Versagen mit dem Versagen seines Landes multipliziert und so aus den beiden Negativwerten wenigstens für sich persönlich ein positives Produkt erzielt. Es war nicht der Krieg, der aus ihm einen Schuft gemacht hatte (bereits in den dreißiger Jahren veröffentlichte er unter eigenem Namen einen Roman, dessen Manuskript von einem jungen Insassen der Santé stammte und durch einen Wärter, keinen anderen als Laubreaux' Vater, konfisziert worden war), doch es war der Krieg, der ihm einen Misthaufen verschaffte, von dem er hinunterkrähen konnte – dank dem Krieg durfte er seine Morbiditäten endlich ausleben. Von Laubreaux, dem Theaterkritiker bei *Je suis partout*, welcher innerhalb der Kollaborationspresse hohes kulturelles Ansehen genoss, hieß es, niemand habe den Mut, ihn zum Feind zu haben, und niemand Lust, sein Freund zu sein.

Er unterbreitete mir seinen Vorschlag nach dem Abendessen, wobei er mit seinem Stock nervös auf die Schuhspitze pochte, so wie er sonst wohl mit den Fingern auf die Tischplatte trommelte, und das Bild, das er dafür verwendete, schien der Lage nicht ganz angemessen – vom «Abfüllen der Essenz von Paris» war die Rede, «genau so, wie es auch *notre chère* Mademoiselle Chanel getan hat».

Ich war erstaunt, fühlte mich allerdings auch auf merkwürdige Weise geschmeichelt, obwohl ich zuerst, einem natürlichen Instinkt gehorchend und auf meine mangelnde Kompetenz und Erfahrung verweisend, ablehnte.

Eine Weile lang herrschte Schweigen. Ich fuhr mit dem Finger im Uhrzeigersinn über den schmalen Rand des Sektglases und wartete darauf, dass er weiterspreche.

«Sie wären wirklich völlig frei», sagte er schließlich.

«Frei?»

«Na ja – zu schreiben, was Sie wollen. Zu sagen, was Ihnen beliebt. Ich mische mich nie ein. Außerdem weiß ich, wissen wir alle, dass Sie einer von denen sind, auf die man sich verlassen kann.»

«Verlassen?» Schon wieder ertappte ich mich, dass ich wie in einem kindischen Abzählreim plump sein letztes Wort nachplapperte. Dann sah Laubreaux über meine Schulter hinweg hinter mich, was mich veranlasste, ebenfalls dorthin zu blicken; nun wandte er sich genauso unvermittelt wieder mir zu und drückte eigenartigerweise mit dem Metallende seines Stocks hart auf meine Schuhspitze, als glaube er, mich auf diese Weise festnageln zu können.

«Dass Sie all die, diesen Abschaum, mal gebührend drannehmen: die Politiker, die beim Quai des Orfèvres samt und sonders unter Bestechung, Schiebung und Veruntreuung öffentlicher Gelder registriert sind; die emsigen Pressebarone, die immer noch Zeit genug haben, um sich ihre neuen Laufjüngelchen persönlich auszusuchen; die so genannten Finanziers, die dem Betrugsdezernat immer gerade um einen Coup voraus sind; die selbst ernannten Aristokraten, die aus dem Jockeyclub ausgeschlossen wurden, weil sie heimlich ihre Einsätze noch um ein Winziges nach oben korrigiert haben, nachdem ihre Nummer gesiegt hat; die Schauspieler, die ihre besten Vorstellungen ein paar Auserwählten in den *pissotières* am Boulevard Sébastopol geben; die *grandes dames* der Literatur, die ihre ungeputzten Hintern auch noch im Varieté herzeigen würden, wenn sich damit die Auflage steigern ließe. Dass Sie *all die* mal gebührend drannehmen.»

Dieser Ausbruch von Gehässigkeit im Gesellschaftszimmer eines Mannes, meines Vaters, dessen Gast, ob geladen oder nicht, Laubreaux ja doch war, verblüffte mich umso mehr, als er in seiner Hetzrede Pracht und Treiben der Gesellschaft, die er ja bloß verächtlich machen wollte, maßlos übertrieben hatte; ich wurde den Verdacht nicht los, dass er mitnichten eine spontane Tirade, sondern seine Standardrede über «die Dekadenz der französischen Gesellschaft» gehalten hatte. Und da Laubreaux meine Verblüffung, wie mir nicht entging, fast ebenso auskostete wie seine Rolle als notorischer Unruhestifter, traf mich sein mit den folgenden Sätzen eingeleiteter jäher Gangwechsel völlig unvorbereitet.

«Hören Sie, junger Mann, ich weiß genau, was Sie von mir denken müssen, doch doch, ich weiß es – aber das spielt auch gar keine Rolle. Was Sie begreifen müssen, was Ihre ganze Generation begreifen muss, ist dies: Sie sind nicht mehr in der luxuriösen Lage zu *entscheiden*, was Sie einmal tun *werden*.» (Jedes kursiv gesetzte Wort steht für die winzige, heimtückische Erhöhung des Drucks, den sein Stock auf meinen Schuh ausübte.) «Alles, was in Frankreich, was in Europa je sein wird, ist bereits da. Was Sie also mit Ihrem Leben auch anstellen wollen, beginnen Sie jetzt damit – begreifen Sie doch, die Zukunft, das ist einfach *zu spät*.» (An dieser Stelle drückte er einmal für *zu* auf meine Zehe und ein zweites, deutlich zu unterscheidendes Mal für *spät*.) «Sie sind ja nun ein schlaues Bürschchen, das wissen Sie so gut wie ich, und der einzige Erfolg, der wirklich zählt, ist jener, den man seinen natürlichen Talenten verdankt. Also wehren Sie sich nicht dagegen. Tun Sie, was Sie wollen, aber verbauen Sie sich nicht die Zukunft, die einzige Zukunft, die Sie haben. Fangen Sie etwas an mit Ihren Talenten. Der Kluge kann alles vertreten, wenn er nur will, und Sie haben, ich sage es noch einmal, *gar keine andere Wahl.*»

Natürlich gab es neben all diesen Sinnsprüchen auch eine ganze Menge dahergeplapperter Überleitungen, aber dies war der Kern, und mir fiel damals auf, wie abstrakt, wie beinahe metaphysisch sich dieser anhörte, gerade wenn man bedachte, was ihm vorangegangen war – so als würde ich der nicht abweisbaren Gunst einer ungeheuren geistigen Wiedergeburt teilhaftig und nicht bloß der Chance, mir einen eigenen Platz zu erobern, und zwar viel früher, als ich mir das mit meinen gerade gut zwanzig Jahren je erträumt hätte in einer Welt, der ich mich bis jetzt lediglich, wenn auch dankbar, an die Rockschöße gehängt hatte.

Ich ließ sein Angebot eine Woche lang ruhen, bevor ich ihm meine definitive Zusage gab und gleichzeitig seinen Vorschlag annahm, die Kolumne unter einem *nom de guerre* zu schreiben, ein Brauch, der auch schon verbreitet war, bevor der Krieg aus der Caprice häufig ein schlichtes Gebot machte. Für mich war es ehrlich gesagt nichts als eine persönliche Absicherung, eine Maske, die man wieder abnehmen würde, sobald die Umstände es erlaubten, sobald mit anderen Worten der Wind nur noch in die eine Richtung blies; und ich wählte ein, wie ich fand, wunderbar passendes Pseudonym: Hermes. Hermes, der aus dem Panzer einer Schildkröte die erste Lyra fertigte und die Panflöte erfand, Hermes, der Götterbote, der Schutzherr des Handels und Fliegens, der Dieb, der nie auf frischer Tat ertappt wurde.

Ich ging wieder in Druck. In den folgenden drei Jahren, bis in die letzten Monate des Jahres 1943, verfasste Hermes mehr als einhundertfünfzig Artikel – Artikel, denen in weiten Kreisen ein außerordentlich «kraftvoller», «patriotischer», «gehobener» und fallweise von fast femininer Finesse besänftigter Stil attestiert wurde. Und war auch der Name, den ich mir machte, noch nicht mein eigener, so war doch mein Deckname ein Geheimnis, das fast unmöglich über längere Zeit gehütet werden konnte, und so durfte ich mich, in jenen frühen Tagen der Begeisterung über den praktisch feststehenden und dauerhaften deutschen Endsieg, nach und nach in meinem erbärmlichen Ruhm sonnen.

Von meinen ersten Artikeln zeigte sich Laubreaux allerdings eher enttäuscht. Da ich noch etwas zaghaft an meine Aufgabe heranging und es meinen Lehrmeistern gleichtun wollte, die ebenfalls vorsichtig abwogen, wie weit sie sich in dieser Phase des Kriegs bereits festlegen wollten, schlug ich anfangs einen kühlen, frivolen Tonfall an, und entsprechend gelangte mein Status während der ersten ein oder zwei Monate kaum je über den des Klatschkolumnisten hinaus. So berichtete ich beispielsweise über die Generalprobe eines Boulevardstücks von Guitry, über ein elend «Wagnerisches» Ballett von Lifar oder über die Vernissage zur neuesten Ausstellung van Dongens. Doch ich scheute mich auch keineswegs, Laubreaux' versprochene Nichteinmischung auf die Probe zu stellen, mochte der Anlass auch noch so trivial sein. Ich spottete nicht nur über die lachhafte «Sensibilität» der schafsköpfigen Pariser *élégantes* (welche damit begonnen hatten, aus alten Zeitungen neue Hüte zu formen und dabei peinlich auf den Gehalt der Schlagzeilen achteten, die von den Passanten am ehesten gelesen werden konnten), sondern ebenso über diejenige eines Rundfunkreporters auf der Pferderennbahn in Longchamp, der eilfertig das Zwielicht, in das einer der Gewinner hätte geraten können, dadurch zu zerstreuen suchte, dass er den Zuhörern versicherte, Isaac sei der Name des Pferdes und nicht der des Jockeys.

Solche harmlosen Dreistigkeiten gingen, wie man in Frankreich sagt, durch wie der Brief mit der Post, und schließlich nutzte ich – noch immer behutsam mich vorantastend und die Temperatur prüfend – meine Freiheit und wandte mich den großen Themen zu, den gewaltigen und einzig wirklichen Themen jener Zeit. Wie einst Simon Stylites auf seiner Säule, so beklagte nun auch ich öffentlich und in gehobenem Stil, Jahr für Jahr, Artikel um Artikel, «die Zukunftsaussichten der französischen Kultur», den dieser Kultur eingeschriebenen und scheinbar nicht auszurottenden Chauvinismus im Angesicht der «beinahe mystischen» Ära, in die Europa in seiner Gesamtheit bereits eingetreten sei, eine Ära, so prophezeite ich protzig, «des Leidens, des Rausches und der Erlösung». Ich rügte einzelne Schriftstellergrößen unter den Kollaborateuren, beispielsweise Montherlant, Chardonne, Drieu la Rochelle und Paul Morand, wegen ihrer gut gemeinten, aber für meinen Geschmack doch zu gequälten und subjektivistischen Haltung gegenüber den geistigen Fundamenten, auf denen die neue europäische Einheit in jenem Moment errichtet wurde, und ich betonte, dass nichts und niemand einem Literaten auf einem Gebiet menschlichen Verhaltens, das ganz augenscheinlich seine Kompetenz überschreite, solche Autorität verleihen könne. Vom wackligen Sockel meiner eigenen angemaßten Autorität herunter verkündete ich, es sei wohl das Sinnvollste, wenn man diese Kriegsjahre, so lange sie immer dauern mochten und so «tragisch» ihre tagtägliche Wirklichkeit auch sei, in den besetzten Ländern als Phase der Besinnung betrachte, nach deren Abschluss die revolutionären Aufgaben in Angriff zu nehmen seien; gefordert sei in dieser Stunde von allen guten Europäern zuallererst die Erkenntnis, dass man nicht mehr, wie dies einige zögerliche «Intellektuelle» offensichtlich versuchten, zwischen Deutschland und dem Hitlertum unterscheiden dürfe. Ganz im Gegenteil werde der Krieg, so schrieb ich in einem besonders bejubelten Artikel, «jene zwei verschwisterten Realitäten, welche die Hitlersche Seele und die deutsche Seele schon immer waren, nur umso enger miteinander vereinen und sie zu einer einzigartigen Kraft verschmelzen.» Diesem Phänomen komme, so betonte ich, große Bedeutung zu, denn nun sei Europas Zukunft ausschließlich «innerhalb des vom deutschen Genius festgelegten Rahmens» zu denken – weshalb die Kollaboration mit den Besatzern ein «für jeden objektiven Betrachter augenfälliges Gebot» sei.

Wir alle fallen vom Gipfel des Ruhmes, den wir erklommen haben, und von jedem Gipfel, er mag noch so kümmerlich sein, kann man herunterfallen. Meine Artikel waren, obwohl sie damals hoch geschätzt wurden, ganz normaler, fauliger Nazischund – so steril, unecht und monoton, dass mich selbst heute beim Gedanken daran Scham überkommt. Das bloß Unechte in der Literatur, in jeder Form und auf jeder Stufe der Literatur, endet zwangsläufig in den Tiefen der Obszönität und Pornographie, und entsprechend scheint sich auch mit mir auf der Strecke zwischen meinen frivolen journalistischen Juvenilia und einem Schreckenstag im Jahre 1943, als mein Foto neben etwa sechzig anderen in der «Verrätergalerie» einer recht weit verbreiteten Flugschrift der Résistance stand, etwas ebenso Unerklärliches wie Unverzeihliches vollzogen zu haben. Auf verschlungenem und mir noch heute schleierhaftem Weg hatte meine Haltung eine Wandlung durchgemacht – von der passiven Kollaboration der so genannten *attentistes* (jener Leute also, die sich nur deshalb widerwillig zur Zusammenarbeit mit den Besatzern herbeiließen, um sich und ihrem Land das Leben unter der unausweichlichen «Neuen Ordnung» erträglich zu machen) hin zum schwelgerischen und begeisterten Verrat, den all jene begingen, die vorbehaltlos die Werte des Tausendjährigen Reichs auf ihre Fahne schrieben. Kurzum, mir lag nun plötzlich nicht mehr das Wohl Frankreichs, sondern das Wohl Deutschlands am Herzen.

Es fällt mir heute, nach so vielen Jahren, ziemlich

schwer, die Spuren eines so verstohlenen und schleichenden Wandels zu verfolgen und mit annähernder Genauigkeit mein erstes taumelndes Eintauchen in die eigentümliche Logik und Sprache der Nazis zu datieren. Doch bereits im Frühjahr 1941 schrieb ich in einem Artikel über die Rolle der Schönen Künste in einer Zeit des Krieges: «Ein aufrichtiger Künstler kann sein echtes, vom Blut und Boden seiner Heimat durchdrungenes Wesen niemals verleugnen.» Blut und Boden? Wie kam ich, der ich mich, selbst im höchst zweifelhaften Umfeld von *Je suis partout*, durchaus als mein eigener Herr fühlte, wie kam ich dazu, eine derart verräterische Formulierung in meine Überlegungen einfließen zu lassen? *Blut und Boden*. Dass ausgerechnet ich mich hatte hinreißen lassen, einen solchen metaphysischen Humbug abzusondern!
Und das ist nicht alles. Wenn etwas zur Sprache kommen muss, muss es schließlich zur Sprache kommen. In den ersten Februartagen des Jahres 1942 – der Krieg war in der Schwebe, und die Gerüchte über Unfassbares, buchstäblich über Dinge von Leben und Tod (und Schlimmerem als dem Tod), waren so zahlreich und so verworren, dass ich heute nicht mehr genau weiß, was ich damals hätte wissen können – veröffentlichte ich einen langen Artikel über «die Judenfrage», genauer gesagt über die Verjudung (auch dies eine Wortmünze aus Dr. Goebbels' Sparschwein) der europäischen Literatur.
Ach, so unfein die Zeiten waren, *ich* konnte der Feinsinn in Person sein! Entschlossen, mir die von Schärfe

und Schwung geprägte Reserviertheit zu erhalten, die zu Hermes' Markenzeichen geworden war, sein anerkannter Beitrag zu jeder Debatte, vermied ich es geflissentlich, den Begriff «Antisemitismus» je ohne den qualifizierenden Zusatz «vulgär» oder «primitiv» zu verwenden. Je nachdem, ob das Auge des Lesers die Verbindung von Substantiv und Adjektiv sozusagen konkav oder konvex las, konnte meine pingelige Abneigung, das Wort alleine stehen zu lassen, entweder bedeuten, dass ich Antisemitismus in seinem Kern für vulgär und primitiv hielt, oder aber, dass ich mir einen «höheren» Antisemitismus herbeiwünschte, einen, der nicht vulgär, sondern raffiniert wäre, nicht primitiv, sondern modern. Und ich war ja auch selbst nicht so vulgär und primitiv, jüdischen Schriftstellern vorzuwerfen, sie hätten unsere Kultur in Beschlag genommen, so wie die jüdischen Bankiers (laut dem hinlänglich bekannten Argument) unser Kapital in Beschlag genommen hatten. Ich führte vielmehr aus, dass ihr Anteil an unserer Kulturgeschichte minimal und minderwertig gewesen sei und die sich daran entzündenden Leidenschaften nicht rechtfertige, dass der jüdische Einfluss bloß als vernachlässigbarer «Schadstoff» gewirkt habe, dass – und ab hier kann ich nicht mehr paraphrasieren, ich muss einfach zitieren –, dass also «eine Lösung des Problems, die auf eine von Europa isolierte jüdische Kolonie abzielte, für das kulturelle Leben des Abendlandes keine bedauerlichen Folgen hätte. Dieses würde alles in allem ein paar Persönlichkeiten von mittelmäßigem Wert verlieren und sich wie in der Vergangenheit weiterhin nach seinen großen Evolutionsgesetzen entfalten.»

Leser, das habe ich geschrieben. Ich, der diese Worte schreibt, schrieb jene schändlichen Worte, beging jene Schandtat. Weil? Weil ich das gemacht? Für eines aber verbürge ich mich. Ich bin kein Antisemit, war es weder damals noch sonst je. Mir wäre es ebenso unmöglich, mich von der Metaphysik der Rasse blenden zu lassen wie von irgendeiner sonstigen hochfliegenden, hirnrissigen metaphysischen Kategorie, bei Gott einmal angefangen. Aber niemals, wirklich niemals, lasse man die prägenden Einflüsse meiner Jugendjahre außer Acht. Mein Großvater, der blasse Poet des Parnasse, der Anti-Kosmopolit. Mein Vater, bei dem auch jüdische Künstler ein- und ausgingen, von dem ich aber gleichzeitig wusste (soweit ich ohne die ungetrübte Zeugenschaft meiner Augen überhaupt etwas wusste), dass er die Gemälde, welche er Otto Abetz und seinen Spießgesellen verkaufte, jüdischen Bekannten, die verzweifelt ihre verbliebenen Vermögenswerte aufzulösen und aus dem Land zu kommen versuchten, wie ein Gauner für ein Butterbrot abgenommen hatte. Die nichtjüdischen Freunde meiner Eltern (welche keinen Hass gegen Juden hegten und mit diesen zumeist fast täglich Umgang hatten) neigten gleichwohl dazu, über sie im ordinären und unverschämten Tonfall zu sprechen, der in jenen Jahren Mode war. Gerade das Substantiv «Jude», dessen Gebrauch heute in jeder gepflegten Gesellschaft als eigentlicher Fauxpas gilt, konnte damals ausgesprochen werden, ohne dass man es ins Adjektiv «jüdisch» hätte umbiegen müssen; eine Frau konnte noch ohne beleidigende Absicht als «Jüdin» bezeichnet werden.

Wenn ich diese Beispiele anführe, dann nicht, um mich von meinem eigenen Nazi-Intermezzo rein zu waschen oder mein unseliges Handeln zu verharmlosen – solches wird mir nie möglich sein –, sondern nur, um aufzuzeigen, dass der Weg, den ich mir aus einer derart verwerflichen Verblendung zu bahnen hatte, weiter, viel weiter, zurückreicht, als heute irgendwer zu beurteilen sich anmaßen sollte. Und mir fällt auf, dass die Artikel, die ich vor dem Krieg für *Le Libre Arbitre* schrieb (so untadelig ihre Haltung gegen den drohenden Aggressor war), bereits mit dem Samen bestäubt waren, den ich später in *Je suis partout* zu so giftiger Blüte treiben sollte. Denn waren die immer wiederkehrenden Begriffe wie «Barbaren» und «Ordnung» und «Dekadenz der abendländischen Kultur» nicht hochgradig suspekt? Wie gesagt, meine Gegnerschaft zum Nazismus stand außer Frage. Dennoch blieb in meinen Darlegungen eine leuchtende Spur zurück, die schwelende Glut einer magischen und zweifellos unbewussten Bindung ausgerechnet an die Codes und Praktiken der Ideologie, die ich vorgeblich bekämpfte. (Dass die Analyse gerade dieses Phänomens zu meinem Lebenswerk werden sollte, darin liegt eine Ironie, die selbst ich später schätzen lernte.) Wenn die Rechte und die Linke ein Wort wie «Ordnung» miteinander zu teilen vermochten und darin ihre jeweilige Wahrheit fanden, dann konnte das nur bedeuten, dass tief in seinem Innersten tatsächlich eine unauslöschliche Zweideutigkeit lag, dann würde sich kein linker Gebrauch je von seinen rechten und im Grunde antidemokratischen und totalitären Tendenzen lösen können. Und auch im Wort «abendländisch» steckt ja das bösartige Paradox, dass seine einzige und augenblickliche Wirkung auf den europäischen Leser die ist, dass er sich ans Gegenteil, an das Morgenland, erinnert fühlt, an diese Wüste des gelbhäutigen Andersseins, dem jene verklärte und der Nazivorstellung so liebe flachshaarige, honiggoldene arische Blondheit genau entgegengesetzt ist. Kurz und gut, ich hatte mich, um den Nazismus zu geißeln, ungewollt der Sprache und Rhetorik der Nazis bedient.

Dies mag all jenen Leuten, die die *Theorie* ablehnen, als klassisches Beispiel dafür dienen, wie ein Text (leider!) seinen Autor schreiben kann.

Und doch lag die Initiative dafür, dass ich und was ich für *Je suis partout* schrieb, allein bei mir. Ich entschied mich dafür und hätte mich dagegen entscheiden können. Und selbst nach diesem ersten verhängnisvollen Schachzug hätte ich mich noch immer ungestraft gegen dessen niederträchtigste Begleiterscheinungen verwahren können. War es demnach der nackte, vulgäre Opportunismus – um keinen Deut erhabener als jener, den Tito so einschmeichelnd rechtfertigte –, der mich derart tief im Laster versinken ließ, wie Laubreaux es nie von mir verlangt oder erwartet hatte?

Zu meiner Verteidigung nur soviel: Ich war ein begabter junger Mann von zweiundzwanzig Jahren, der hef-

tig zu schreiben begehrte, der fieberhaft ein Ventil für seine Talente suchte und der glaubte, er würde sich selbst, sollte er der Versuchung zu kollaborieren widerstehen, zu einer unentrinnbaren lebenslänglichen Haft, zu einem Zwangssystem stummer Mittelmäßigkeit unter der «Neuen Ordnung», verdammen. Ich weiß, manchen wird es nicht leicht fallen und anderen gar unmöglich sein zu begreifen, wie ich mich von der Schreibleidenschaft so hatte verhexen lassen können, vom Schrecken, der mich beim Gedanken überkam, noch jahrelang und vielleicht bis in alle Ewigkeit warten zu müssen, bis ich all das, was ich zu sagen hatte, sagen konnte, auch öffentlich sagen konnte. So sehr ich mir wünschte, zur großen Masse zu gehören und die Bürde meines «Genies» abzuschütteln – das einzige meinem Alter von zweiundzwanzig Jahren angemessene Wort –, so wusste ich gleichzeitig auch, dass ich aufgrund dieses Genies ein Verdammter war, genau wie jeder Katholik in einer Welt von Atheisten ein Verdammter ist, der sich ebenfalls danach sehnt, das schicksalsschwere Kreuz des Glaubens und der Schuld abzuwerfen, und der seinen Gott anruft: «Warum ich? Warum werde ich mit dieser unerbetenen und unerwünschten Offenbarung gestraft? Warum darf ich nicht wie jene, die um mich sind, an den einfachen, harmlosen, gottlosen Freuden des Lebens teilhaben?» – und der, so wie der Künstler mit dem Himmel in seinem Kopf, immer auf die einsame Zweisamkeit mit seinem Schicksal zurückgeworfen sein wird.
Meiner Pein haftete etwas Sadistisches an: Dank mei-

nes scharfen Verstandes erhob ich mich zwar über die Massen, doch just in dem Moment, da jener Verstand die Mündigkeit erreichte, wurde er seines natürlichen Forums beraubt. Wer also sollte mir Vorwürfe machen, weil ich mich für das einzige mir tatsächlich angebotene Forum entschied, wohl nicht für eines, das ich gewählt hätte, wären gleichwertige Angebote vorhanden gewesen, sondern für eines, von dem ich blauäugig annahm, ich würde es meinen eigenen Bedürfnissen – die anfänglich noch nicht so furchtbar egoistisch waren – dienstbar machen können? Dass ich in *Je suis partout* am Ende dieselben erbärmlichen Platituden von mir geben sollte wie die Handlanger, Lakaien und Speichellecker (mit denen ich zwar die Zeitungsseiten zu teilen hatte, denen gegenüber ich aber in den Redaktionsräumen Abstand wahrte und mit meiner Meinung zurückhielt), diese Schmach wird mich ewig verfolgen. Doch lässt sich auch dem, über das persönliche Versagen hinaus, eine Art Moral entnehmen, die Moral von der Macht des Mediums, welches jede individuelle Meinung, die sich darin noch äußern könnte, unter sich begräbt.

Zu keiner Zeit gehörte ich der Résistance an, auch wenn ich, unter den weiter vorne beschriebenen Umständen, Paul tatsächlich bat, ein gutes Wort für mich einzulegen. Dieser wies mich zwar nicht direkt ab, er ermutigte mich aber auch nicht gerade; so wenig schien er, der Freund, vom potentiellen Nutzen meiner Person für die Organisation überzeugt zu sein, dass ich kaum Anlass hatte zu erwarten, seine Vorgesetzten, die mich überhaupt nicht kannten, würden meinem Antrag gewogener sein. Und so war es auch, denn etwa eine Woche später erzählte mir Paul, ich käme nicht in Betracht.

Mir war es todernst gewesen, auch wenn nur Gott wissen konnte, wie ich im Falle meiner Aufnahme die zwei Hälften meines Daseins je miteinander versöhnt hätte – man schrieb das Jahr 1942, und ich hatte unter dem Namen Hermes bereits zwanzig Artikel publiziert. Ehrlich gesagt erfüllte es mich mit einem gewissen Kitzel, dass Paul hinter meinem Kommen und Gehen weder einen Hintergedanken noch eine Hinterlist witterte und auch nicht ahnte, dass ich auf meine Art das gleiche verstohlene Doppelleben führte wie er. Ich saß auf der Zeitungsredaktion und verfasste meine Artikel, derweil mich meine Freunde auf der anderen Seite der Stadt in einer der Bibliotheken nahe dem Boulevard Saint-Michel wähnten; und die Mittel, von denen wir zehrten (mein großväterliches Erbteil, wie ich sie glauben ließ), waren in Wirklichkeit der Judaslohn für jene Artikel. Nein, im Grunde handelte es sich bloß um einen Teil jener Einkünfte. Denn ich gestand es keinem von uns zu – erstes der vielen mich seit jenen Tagen verfolgenden Paradoxa –, so gut zu leben oder zu essen, wie dies selbst in jenen kümmerlichen, kargen und strengen Jahren möglich gewesen wäre, aus Angst, ein ungewöhnlich üppig fließender Geldstrom könnte Verdacht erregen. Wie unzählige andere litten wir Hunger; den Überschuss verbarg ich in unserem

Haus im Chevreusetal sorgsam in meinem Schlafzimmer.

Dieser Zustand hielt fast ein Jahr an, bis eines Tages Paul nicht in die Wohnung zurückkehrte. Er sei, so erzählte mir später eine fassungslose Louise, in keinen bestimmten «Auftrag», in keine Geheimmission, verwickelt gewesen, und doch habe ihn die Gestapo zusammen mit zwei Genossen aufgegriffen, als sie sich für eine halbe Stunde auf die Terrasse eines Cafés an einem der *grands boulevards* gesetzt hätten. Augenblicklich lockte mich die Vorstellung, dank meines «Einflusses», so gering dieser fraglos war, für ihn noch «etwas tun» zu können und dadurch – vorausgesetzt, meine Drahtzieherei führe rechtzeitig zu Pauls Freilassung – den nunmehr in meiner Schuld stehenden und mir vergebenden Freunden mein vorangegangenes Verhalten als günstiges *fait accompli*, ja als Glück im Unglück präsentieren zu können. Bald aber nahm ich wieder Vernunft an, erkannte die Weite und Tiefe des Abgrunds, der zwischen mir und den wirklichen Zirkeln der Macht klaffte, und sah davon ab, auf meine Arbeitgeber bei *Je suis partout* einzuwirken. Ja, eigentlich ganz im Gegenteil. Der Gedanke an das, was mit Paul geschehen war (der mich, wiewohl nicht im gleichen Ausmaß wie Louise, doch sehr beschäftigte), vor allem aber der Gedanke an das, was gerade in jener Stunde in einem Keller in der Rue Lauriston mit ihm geschehen mochte, heilte mich für immer von der Torheit, für eine Sache einzutreten, deren Endsieg in der zweiten Hälfte des Jahres 1943 nicht mehr ganz so unumstößlich ausgemacht schien. Ohne jede Entschuldigung oder Erklärung gab ich Hermes das, was man bei lahmenden Tieren den Gnadenschuss nennt, und stellte jede Zusammenarbeit mit Laubreaux und seinem unerhörten Schmierblatt ein.

Louise und ich wohnten weiterhin zusammen in der alten Wohnung, wo wir anfänglich unseren Kummer miteinander teilten und uns später, als wir den Gedanken nicht länger verdrängen konnten, dass Paul tot sein musste, auch sonst näher kamen. Wir selbst waren nach Pauls Verhaftung von der Gestapo nicht ernsthaft behelligt worden – ein einziger Besuch zu unheimlicher nächtlicher Stunde, der aber nichts als die Überprüfung unserer Papiere an Ort und Stelle mit sich brachte –, und der glatte Fortgang unserer Beziehung wurde auch später lediglich durch die Verteilung der Flugschrift gefährdet, in der sich mein Foto fand. Ein Exemplar davon (ich verbrannte es auf der Stelle) ging mir anonym zu, vermutlich von Laubreaux' Seite. Aber Louise hatte die Genossen ihres Geliebten nur flüchtig gekannt, und der Umstand, dass ich damals von der Résistance in Ruhe gelassen wurde, obwohl ich mit Louise recht offen auf der Île Saint-Louis zusammenlebte, sprach auch für das, was ich stets vermutet hatte und wofür ich nun mit gutem Grund dankbar war: Paul hatte sich nie «für mich eingesetzt» oder meinen Namen erwähnt, mich nie als ein der Zelle möglicherweise nützliches Mitglied angepriesen.

Bei der Befreiung war meine Lage entsprechend ungemütlich; doch die auf mich wartenden Schwierigkeiten, obwohl größer als erhofft, waren doch wesentlich kleiner als befürchtet. In einer Zeit, in der ein Guitry eingesperrt und ein Brasillach hingerichtet wurde, maß man offensichtlich meinem Vergehen – und in der Tat auch dem Vergehen meines Vaters – wenig Bedeutung bei, denn ich wurde zwar vor den Untersuchungsausschuss zitiert und hinter verschlossenen Türen auch verunglimpft, aber man prangerte mich schließlich nicht öffentlich an, jedenfalls nicht öffentlich genug, als dass es Louise zu Ohren gekommen wäre.

Bis zu meiner Abreise in die Vereinigten Staaten lebten wir beide kaum weniger bescheiden als noch während des Krieges. Ich begann englischsprachige Bücher zu lesen, so viele ich nur kriegen konnte, so viele auch von der Sorte, die dem Werk nahe kamen, das ich eines Tages selbst zu schreiben beabsichtigte – sollte ich denn je wieder schreiben. Praktisch der einzige Luxus, den wir uns leisteten, waren Kinobesuche, um amerikanische Filme anzusehen, die damals oft bereits vier oder fünf Jahre alt waren und welche in Paris nach dem Krieg in rasender Schnelle anliefen wie die fröhliche Wiederkehr des Verdrängten. Louise verdiente bei Pathé als Scriptgirl ein bescheidenes Gehalt und ich nicht wesentlich mehr mit Übersetzungen aus dem Englischen – meist handelte es sich um technische oder sogar militärische Dokumente, einmal aber auch um einen Roman von Somerset Maugham. So hart die

Zeiten auch waren, ich wäre kein einziges Mal auf die Idee gekommen, dass ich auf das im Haus meiner Eltern versteckte Geld jederzeit zurückgreifen konnte. Dieses war für unsere Auswanderung bestimmt, über die ich Louise gegenüber aber erst etwas verlauten lassen wollte, wenn ich mir absolut sicher sein konnte, dass meine Hoffnung auf Verwirklichung tatsächlich berechtigt war.

Die Last meiner Unvorsichtigkeiten lag mir bleiern und schwer auf dem Magen – denn für mich war der Krieg noch nicht vorbei. Dies waren für die Franzosen schreckliche Jahre, jene entsetzlichen, fast ganzjährigen Winter, deren mythische Strenge und Rauheit von Roland Barthes irgendwo beschrieben werden. Und doch regte sich unter dem Schutt unseres zerschlagenen Kontinents neues Leben. Alles schien noch einmal möglich, denkbar – wie zu Beginn eines großen Abenteuers. Selbst als man uns, als man mir, in einer Art makabrem Auftakt zum «Hauptfilm» die ersten, nur allzu glaubwürdig-unglaublichen Wochenschaubilder über die befreiten Lager vorsetzte (mir, der ich stumm und wehrlos in einem nur vom monochromen Strahlen toter Juden erhellten Kino saß), schienen diese Bilder, je größer ihr Schrecken war, um so stärker bereits einer trüben, schon nicht mehr fassbaren Geschichte anzugehören, der wir nur den Rücken zuwenden mussten, um unserer Zukunft entgegenzublicken.

Unsere Zukunft, nicht meine: Mir war bewusst, dass ich aus dem engen und pulsierenden Kollektiv ausgeschlossen war. Nicht bloß Paris oder Frankreich, nein, ganz Europa war Schauplatz eines Verbrechens gewesen, an dem ich mich auf gemeine und niederträchtige Art beteiligt hatte. Und was, wenn ich geblieben wäre? Was wäre dann aus mir geworden? – Der Ewige Nazi? Es war empörend. Ich war noch jung und wollte leben. Europa drückte mich zu Boden, und ich kam mir vor wie eines der Opfer jener mittelalterlichen Folterkammern, in denen die Decken sich herabsenken und die Wände sich zusammenziehen. Immer stärker kam ich zur Überzeugung, dass meine Besserung einzig in Amerika liegen konnte, in diesem glänzenden Patchwork der unbegrenzten Möglichkeiten, in seiner offenherzigen, honigsüßen Unermesslichkeit, obwohl ich wenig Ahnung hatte, was ich dort tun wollte und ob ich davon auch würde leben können, und noch weniger Hoffnung, dass ich dort das intellektuelle und geistige Heil finden würde, das ich schließlich fand.

Nur noch wenige Monate trennten uns von der Abreise, und ich steckte bereits bis über beide Ohren in Formularen und Gesuchen, als ich, von einem langen Wochenende auf dem Land zurückkehrend, feststellen musste, dass Louise fortgegangen war und mir diese Notiz hinterlassen hatte:

«Léo, ich verlasse dich. Die Wohnung gehört dir, solange du die Miete dafür zahlst. Ich habe meine Sachen und die Sachen von Paul mitgenommen. Alles andere (auch jene Dinge, von denen ich nicht weiß, wem sie gehören) kannst du behalten. Versuch mich niemals zu finden. Ich weiß, wer du bist. Eigentlich müsste ich sagen, ich weiß, wer du <u>warst</u>, aber es fällt mir furchtbar schwer zu akzeptieren, dass du nicht mehr jener Mensch sein sollst. Ich habe lange darüber nachgedacht, aber ich kann und will einfach nicht glauben, dass du irgendwie direkt schuld bist, was mit Paul geschah. Aber ich weiß es nicht, und ich wüsste es auch dann nicht, wenn du es mir sagst, und ich könnte nicht mit dir zusammenleben, ohne es zu wissen. ~~Ich hätte~~ Das ist alles.»

Die Unterschrift fehlte, so als habe sie dem Ganzen den Hauch einer anonymen Denunziation verleihen wollen.

Eigentlich war die Suche nach ihr für mich gar kein Thema. Louise stammte aus recht bescheidenen Verhältnissen, die seit Kriegsende eher noch bescheidener geworden waren, und obwohl sie mir offensichtlich nicht persönlich zu begegnen wünschte, war es doch unwahrscheinlich, dass sie deswegen je ihre Stellung bei Pathé aufgeben würde. Eine einfache Nachfrage bei der Filmgesellschaft hätte also genügt, um uns wieder zusammenzubringen. Als ich ihre Notiz jedoch nochmals durchlas, beschlich mich das Gefühl, dass wir die Sache wohl am besten auf sich beruhen lassen sollten. Meine eigene Situation war bis zu jenem Zeitpunkt – bis mich offenbar jemand denunziert hatte – gar nicht so anders gewesen als diejenige, in der sie sich jetzt befand. Hätte ich denn glücklich mit ihr zusammenleben, sie vielleicht sogar heiraten können, ohne mich ständig fragen zu müssen, ob sie etwas über mich wusste, und wenn ja, was genau? Meine Schmach hatte zwar kein öffentliches Nachspiel gehabt, aber irgendwann würde bestimmt eine Geschichte über jene Schreckensjahre geschrieben werden – wenn auch vermutlich erst in ein paar Jahren und nicht innerhalb der nächsten Monate –, und die Geringfügigkeit meiner Beteiligung bot gewiss keine Gewähr, dass mir die Aufdeckung bis zum Schluss erspart bleiben würde.

Ich reiste also ohne Louise ab und sah sie, auch wenn sie in der amerikanischen Hälfte meines Daseins noch einmal kurz auftauchen sollte, nie wieder.

Seltsamerweise trat auch Tito, dem ich, wie seinen beiden schurkischen Reisegefährten, alles Gute wünschte, als wir auf Ellis Island von Bord gingen, noch einmal in mein Leben, wenn auch ohne nennenswerte Folgen. In den frühen siebziger Jahren, lediglich Monate nach meiner Berufung nach New Harbor, wurde in New York ein Schauprozess gegen ein Trio mittelschwerer Mafiosi durchgeführt. Auf der Titelseite der *New York Times* – viel glatter und graziler, mit einer ordinären chinchillafarbenen Strähne, die sich durch sein schwarz glänzendes Haar zog wie die Zeichnung eines exotischen Tiers, doch unverkennbar noch immer der pfiffige Charmeur, als den ich ihn kennen gelernt hatte – fand sich das Foto eines mürrisch-trotzigen Tito alias Ernesto Cavazzone, den man in Handschellen durch den von einem Pulk von Reportern belagerten Korridor eines Gerichtsgebäudes drängte. Ich verfolgte den Prozess mit lebhaftem Interesse und fühlte einen unerklärlichen Drang, ihm persönlich beizuwohnen. Dies ließ ich zwar schließlich bleiben – hingegen konnte ich den Zitaten aus Titos Kreuzverhör mit einiger Belustigung entnehmen, dass ihn seine Jahre in Amerika wenigstens eines gelehrt hatten: den Unterschied zwischen «warum» und «weil». Für seine Rettung reichte dies allerdings nicht aus. Er wurde für genauso schuldig befunden, wie er es ganz offensichtlich auch war, und zu einer 99-jährigen Haftstrafe verurteilt. Armer Tito.

Biographie und Leben sind Teil von zwei recht ungleichen Kategorien. Raphaël und seine Frau, die Buchhandlung in Greenwich Village, unsere Sonntagnachmittagslesungen, meine kahle, kleine Unterkunft an der Eighth Street – dies alles war genau so wie von mir beschrieben. Doch hatte es damit noch eine andere, tiefer liegende Bewandtnis, die ich unterschlagen habe – nämlich meine neurotische Zwangsvorstellung, *den Kopf einziehen* zu müssen.

Anfänglich fühlte ich mich in meinem Schattendasein ganz wohl, und ich blickte keineswegs auf meine Freunde herab, belächelte auch nicht verstohlen ihre kulturellen und intellektuellen Ambitionen. Doch bald schon beschlich mich die Ahnung, dass ein bestimmtes Potential, welches nach Ruhm, nach Einmaligkeit, ja vielleicht sogar nach Größe dürstete, für alle Zeiten uneingelöst in mir würde schlummern müssen.

Diese Angst, eine Möglichkeit ungenutzt verstreichen zu lassen, die Sehnsucht, selbst in einem so mittelmäßigen Umfeld, wie es das meine damals war, wenigstens ansatzweise all dem Ausdruck zu geben, was ich so dringend ausdrücken wollte – sie waren es, die mich dazu trieben, mir für meinen Mallarmé-Vortrag solch groteske Mühe zu geben, und ihretwegen auch ließ seine freundliche Aufnahme meinen jugendlichen Puls derart in die Höhe schnellen. Und als der Vortrag dann auch noch publiziert wurde, hatte dies auf mich die gleiche Wirkung wie ein einziger Drink auf einen geheilten Alkoholiker: Mein natürliches Hochgefühl ging Hand in Hand mit aufflammendem Selbsthass und der (wenn auch in dieser frühen Phase meines Aufstiegs unsinnigen) Furcht vor der Gefahr, dass bei anhaltender und sich ausbreitender Publizität meine Vergangenheit schließlich an den Tag kommen würde. Ich stand, wie mir bewusst war, erst auf der untersten Sprosse der Leiter, doch alles, was ich sagen kann, ist dies: Ich wusste, wusste bereits damals, dass ein Geist wie der meine, wenn er denn überhaupt strahlen durfte, letztlich den Scheinwerfer über den ganzen Verlauf des Lebens und in jeden madigen Winkel seiner Geschichte richten musste. Ich wusste es – und doch, wie konnte ich widerstehen? Hätten denn andere widerstehen können? Ich wollte leben, nicht bloß atmen. Ich wollte eine zweite Chance, eine gute Chance, die der bösen ebenbürtig war, die mir Laubreaux gegeben hatte. Wie konnte ich mich da zurückhalten, wie konnte ich zurückweisen, was mir hier mit typisch amerikanischer Großzügigkeit angeboten wurde – die Chance, mich nicht länger in einem finsteren Laden abzuplacken und mit den Büchern anderer abzugeben, so wie sich ein Bankkassierer mit dem Geld anderer abgeben muss, die Chance, Vorlesungen zu halten und über jene Bücher Artikel zu schreiben, und schließlich gar die Chance, eigene Bücher zu verfassen und zu veröffentlichen? Wer wollte mir Vorwürfe machen, weil ich nicht widerstand?

Und doch hielt ich auf jeder Sprosse der Leiter, anlässlich jedes beruflichen und gesellschaftlichen Aufstiegs, zitternd inne, wich zurück und redete mir zu, dass der eingeschlagene Weg ein unheilvoller sei und früher oder später ins Verderben führen müsse. Ich schritt nicht nur auf meine Apotheose zu, sondern auch auf meine Auslöschung, meine vollständige Vernichtung. Die ganze grauenvolle Ironie bestand darin, dass im Laufe der Zeit die in meiner wachsenden Reputation liegende Gefahr, anstatt kleiner zu werden, nur noch größer wurde. Je höher ich stieg, umso blinder, weil berechtigter, wurden meine Ängste. Ich fühlte mich gezwungen, grundsätzlich alles abzulehnen, was mir die Welt zu Füßen legte, immer und immer wieder abzulehnen – bis sich dann jeweils zwangsläufig der Wille, zu leben und auszudrücken, was ich ausdrücken musste, erneut durchsetzte und ich annahm. Daher stand ich bei jenen Leuten, die mir so gerne unter die Arme greifen wollten, auch zweifellos im Ruf einer heldenmütigen Bescheidenheit, eines wohltuenden und ungewöhnlichen Unwillens, mich in den Vordergrund zu drängen und mein schnelles Vorwärtskommen zu erzwingen.

Deshalb schreckte ich auch vor der Ehe zurück, aus Furcht, meine Frau könnte das für Ehegattinnen so typische Interesse an den Angehörigen ihres Mannes zeigen und jene dann kennen lernen wollen, um möglicherweise durch meine senile, schwatzhafte und unbedachte Mutter wenn nicht von meiner eigenen Schande so doch von der Schande meines Vaters zu erfahren; und also begnügte ich mich mit einer Reihe flüchtiger und kaum je glücklicher Affären, was meiner Disposition keineswegs entsprach. Ich überlegte mir auch (eine weitere klägliche Ironie), ob ich mir für meine englischsprachigen Texte nicht einen *nom de guerre* zulegen sollte, so als erschienen mir nun die Artikel, die ich einst unter dem Pseudonym Hermes veröffentlicht hatte, derart schändlich, dass ich *diesen Namen* unter einem neuen Pseudonym verbergen zu müssen glaubte. Doch der Einfall kam mir erst lange, nachdem ich mir in Amerika bereits einen gewissen Namen gemacht hatte; abgesehen davon wäre mir solches Tun zu einem Zeitpunkt, da es mein oberstes Bestreben war, die Falschheiten meines europäischen Lebens zu sühnen, wie ein unschicklicher Verrat an meiner Staatsbürgerschaft vorgekommen.

Selbst ein Stradivari muss in seinem Kopf Klänge gehört haben, die hinreißender waren als alles, was je auf einer seiner Geigen gespielt wurde; doch er musste die Geigen bauen, um die Klänge hören zu können. Ich konnte nicht leben, konnte nicht weiterleben, mit allen Klängen, die ich je gehört, mit allen Gedanken, die ich je gedacht hatte und die in meinem Kopf eingekerkert waren. Die Artikel, die ich im Lauf der Jahre immer regelmäßiger schrieb, vermochten schließlich meine wahren intellektuellen Ansprüche in keiner Weise mehr zu befriedigen, und meine Frustration wurde nur noch größer, als ich mich gezwungen sah, ein erstes Angebot des Universitätsverlages von New Harbor, der diese Artikel in einem Band herauszubringen vorschlug, abschlägig zu beantworten, obwohl ich damals auf dem Campus bereits im Ruf eines knittrigen und messianischen Gurus stand. So albern und paranoid auch alle bisherigen Vorsichtsmaßnahmen gewesen sein mochten, so wusste ich doch sicher, dass *damit* mein Schicksal besiegelt wäre, und sei es nur schon deshalb, weil der Verlag unweigerlich die zusammenfassende Biographie des Autors, die so genannte «Kurzbio», zusammen mit der Fotografie auf der Buchklappe abdrucken würde. Als ich die Ehre ablehnte, begründete ich dies damit, dass nur wenige meiner Gelegenheitsarbeiten der mit einem gebundenen Buch einhergehenden Kanonisierung wirklich würdig seien – ein in den auf erbarmungslose Konkurrenz eingestellten akademischen Gefilden unerhörter Akt von Selbstverleugnung, der die allgemeine Wahrnehmung meiner Person nur noch bestärken konnte: schon beinahe ein Heiliger, ein lebender Vorwurf in einem mit Aufschneidern reich gesegneten Berufsstand, dieser, trotz aller Härte in der Auseinandersetzung, liebenswürdige, sanfte und bescheidene Mann, der sich allein kraft seines Intellekts aus kärglicher Namenlosigkeit in eine Stellung allerhöchsten Renommees emporgearbeitet hat – kurz und gut, der befeuernde und gleichzeitig wunderliche Beweis, dass nicht einmal Intellektuelle vom amerikanischen Traum ausgeschlossen waren.

Mein Äußeres kam mir zustatten. Von mir existieren bloß wenige, ja eigentlich überraschend wenige Fotografien, und es wäre mir unmöglich, eine formelle Beschreibung meiner physischen Erkennungsmerkmale, wie sie sich in Reisepässen finden, in diesen Computer hineinzutippen. Einmal jedoch erzählte mir jemand, und ich glaube, es war Gillingwater, dass ich im Gesicht dem Schauspieler Clifton Webb ausgesprochen ähnlich sehe, lasse man Webbs Markenzeichen, das gezierte Naserümpfen, einmal beiseite. Er, Gillingwater, fügte hinzu, dass die randlose Bifokalbrille, die ich häufiger in der Brusttasche meines Jacketts als auf der Nase trug, nur ein kümmerlicher Ersatz für den Kneifer mit Band sei, nach dem meine Augen und, wie er es formulierte, meine ganze nach Alter Welt riechende Haltung förmlich schrien. Ich erwähne solche Banalitäten lediglich, um den Eindruck zu vermitteln, den ich damals in New Harbor hinterließ: ein braver, biederer, unbeweibter, uneiliger, sackartig menschenfreundlicher und abgehobener Denker, frei nach Raymond Chandler der einzige Gerechte, der durch die schäbigsten Straßen des bezauberndsten Campus der Vereinigten Staaten ging.

Mit dem Erscheinen von *Entweder/Entweder* wurde ich zum verwirrten Objekt ganz neuer Ebenen und Schichten der Anbetung. Es mag unlogisch erscheinen, dass ich, nachdem ich den Vorschlag der New Harbor Press, einen Band mit meinen gesammelten journalistischen Arbeiten herauszubringen, abgelehnt hatte, dem gleichen Verlag später ungefragt und unverlangt ein vollständiges Original anbot. Meine Motive waren kompliziert. In Breen, in Amherst und in Cornell hatte ich mir Schranken auferlegt, mich zurückgehalten und einfach pflichteifrig das (aber auch nur das) getan, was man von mir verlangte; nur sehr sporadisch hatte ich in Artikeln meinen Verstand aufblitzen lassen, und all dies in der Hoffnung, wenigstens etwas am Erfolg zu naschen (den ich ansonsten umfassender erlebt hätte), ohne doch das Risiko des persönlichen Unheils einzugehen, das mich aufgrund dieses umfassenderen Erfolgs bestimmt früher oder später ereilt hätte. Doch was geschah dann? Ignorierte man mich einfach? Durfte ich still in meinem selbst gewählten Winkel weiter vor mich hin arbeiten? Weit gefehlt. Je mehr Zurückhaltung ich mir im Hinblick auf meine Karriere auferlegte, desto unverzüglicher und, so erschien es mir manchmal, praktisch wie von selbst lohnte man es mir mit bevorzugter Behandlung, so als brauchte ich mich gegenüber einem neuen Posten nur reserviert genug zu geben, um sogleich gebeten zu werden, ihn anzunehmen. Kurzum: Am schnellsten kam ich offenbar an eine Stellung heran, wenn ich mich auffällig und im Grunde auch aufrichtig aus dem Rennen um sie heraushielt. Hatte ich früher ständig geargwöhnt, dass die Gefahr der Entlarvung mit zunehmender Bekanntheit wuchs, so kam ich zu der Zeit, als ich in die Fakultät von New Harbor eintrat, immer stärker zur Überzeugung, dass ich nicht mehr verlieren konnte, wenn ich mehr riskierte.

Hinzu kam, dass ich bei Erscheinen des Buches bereits vierundfünfzig war und beinahe so viele Jahre meines Lebens in Amerika verbracht hatte wie in Frankreich. Die Ereignisse, deren mögliche Enthüllung mich so lähmte, hatten mehr als ein Jahrzehnt vor der Geburt der meisten meiner Studenten stattgefunden und ließen sich, so schien es mir jedenfalls, im Vergleich zu früher nur noch mit ziemlicher Anstrengung heraufbeschwören. Auch mein Alter machte mir mehr und mehr zu schaffen: Wie einer Karrierefrau, die spürt, wie sich in ihr unbehaglich ein schon zu lange schmachtender Mutterinstinkt regt, wurde auch mir bewusst, dass dies, wollte ich überhaupt jemals ernsthaft publizieren, wohl meine letzte Gelegenheit sei.

Trotzdem gab ich (eine allerletzte Vorsichtsmaßregel) darauf Acht, dass die von mir im Buch vertretenen Ideen nicht allzu stark von den Theorien abwichen, die im Paris jener Zeit bereits en vogue waren – dadurch, so meine Überlegung, wäre der Anreiz für eine «Rückübersetzung» ins Französische genommen. Entsprechend überrascht war ich denn auch, wie sehr sich meine ganz persönliche Gesinnung dennoch in einem Text bemerkbar gemacht hatte, der jedem wohlinformierten Leser nichts ernsthaft Neues bot – genauso

wie sich meine Gesinnung über all die Jahre meiner selbst auferlegten Läuterung bemerkbar gemacht hatte. Aus meiner Sicht war *Entweder/Entweder* nichts als das Werk eines Déjà-vu-Visionärs. Doch zu meinem Erstaunen und Schrecken, zweifellos aber auch dank des Umstands, dass das Buch in englischer Sprache geschrieben war und so ohne das durch eine Übersetzung bewirkte lindernde Raffinement erschien, nahmen es meine Landsleute wie eine Offenbarung auf.
Was auch immer dafür verantwortlich sein mochte, es hatte seinen Erfolg, weshalb meine alten Albträume jäh neue Nahrung erhielten. Ich war das geworden, was ich unter keinen Umständen je hatte werden wollen: eine Berühmtheit. Meine Studenten lagen mir zu Füßen, und in den Stimmen meiner Kollegen schwang, wenn sie mich ansprachen, eine neue Nuance des taktvollen Wohlwollens mit; ganz offensichtlich hatte sich innerhalb der unaufhörlichen Intrigenspiele in New Harbor allerhand zu meinen Gunsten verändert. Immer häufiger lud man mich an internationale Kongresse ein, doch schon bald wurde mir Folgendes klar: Es wäre weder unwahrscheinlich noch im Geringsten verwunderlich, wenn mir an einem solchen Anlass einer der jungen und schicken Pariser Linguisten begegnen sollte, der sich meines Namens schwach und wie von ferne erinnerte; oder, noch schlimmer, jemand aus meiner eigenen Generation, der vielleicht selbst in der Résistance gekämpft hatte. Da ich also jede Teilnahme an solchen Aufläufen ablehnte, bekräftigte ich selbstverständlich nur noch den Ruf einer gewinnenden Be-

scheidenheit, der mir bereits anhing; da ich mich allem Anschein nach so außerordentlich zierte, spornte ich andere bloß dazu an, immer flehentlichere Einladungen auszusprechen.

Ich war zu weit gegangen und hatte mir wirklich und wahrhaftig einen Namen «gemacht», *meinen* Namen, den ich so entschlossen und so lange und bis dahin so erfolgreich dem Auge und Ohr der Öffentlichkeit entzogen hatte; und in den Wochen nach Erscheinen des Buches lebte ich in einem beinahe permanenten Angstzustand, dem betäubendsten, den ich je erlebte, einem Minute um Minute sich dahinschleppenden Schrecken, der von Schlaflosigkeit, Schweißausbrüchen und Anfällen würgenden Brechreizes begleitet wurde. Da war keine Menschenseele, der ich mich anvertrauen konnte, keiner, für den ich *an erster Stelle* stand und den mein Geständnis nicht angeekelt und sprachlos zurückgelassen hätte. Hätte ich hingegen, um ein Beispiel zu nennen, einst meine Frau aus Eifersucht ermordet oder mich mit der Mona Lisa davongemacht, wäre es mir bestimmt nicht übermäßig schwer gefallen, nach all den Jahren mein Vergehen zur Sprache zu bringen und wohl auch eine Hand voll einfühlsamer Zuhörer zu finden. Aber der Holocaust! Der Holocaust! Nein, dafür konnte es, auf dem Campus einer amerikanischen Universität, keine Amnestie geben.

Und auch meine Angst stand nun nicht länger im Missverhältnis zur äußerst realen Gefahr, in der ich mich befand. Wenige Monate nach Erscheinen von

Entweder/Entweder ereigneten sich zwei Vorfälle, die mir zeigten, dass ich die Risiken des Aufstiegs, die ich einst möglicherweise überschätzt hatte, nun zu Recht ernst nahm.

Der erste der beiden Vorfälle war recht belanglos. Ich hatte mich mit drei Kollegen aus meiner Abteilung – Qualen, Basserman und Gillingwater – für eine Fahrt nach New York verabredet, wo wir an einem Wintersonntag eine gerade angelaufene Off-Broadway-Produktion besuchen wollten, deren Handlung angeblich auf einem stark an New Harbor erinnernden Universitätscampus angesiedelt war. Doch als wir eintrafen, war die Vorstellung bereits ausverkauft. Da uns der Gedanke zuwider war, sozusagen mit leeren Händen nach Hause zu fahren, beschlossen wir, uns im unweit gelegenen «Thalia» den gerade programmierten Film anzusehen. Dieser Film aber sollte *Sein oder Nichtsein* sein, eine verblüffend geschmacklose und gleichzeitig unglaublich lustige Komödie mit Jack Benny über eine im besetzten Polen festsitzende Truppe von Schmierenkomödianten.

Als wir nach New Harbor zurückfuhren – alle ein bisschen angeheitert von den viel zu vielen Cocktails, die wir beim Abendessen gekippt hatten –, war es so weit. Regenböen fegten durch die phantastische Abendlandschaft. Der von allen Seiten auf Gillingwaters verbeulten alten VW niederprasselnde Regen ließ im Wageninneren eine beengende Art von Gemütlichkeit aufkommen; ich saß auf dem Beifahrersitz, und es kam mir vor, als blickte ich unter einem großen, festsitzenden Helm hervor, oder auch durch eine riesenhafte Taucherbrille hindurch, in die verschmierte, wässrige, gelbliche Außenwelt, und ich kann mich erinnern, wie besessen ich die mit aufreizender Regelmäßigkeit hin- und herschwingenden Scheibenwischer anstarrte (links herum und rechts herum, überlappende Bogen vor mir auf der Windschutzscheibe), welche sich erstaunlicherweise in der Mitte nicht ganz, nie ganz, ineinander verkeilten. Während ich also die das Fenster beschießenden und trübenden Regentröpfchen bestaunte, zitierten meine Begleiter ein paar der besten Stellen des Films und schwelgten lachend in der Erinnerung – und genau eine dieser Stellen war es, die den Vorfall provozierte.

«Könnt ihr euch noch an die Szene erinnern», sprudelte Basserman los, dessen Knie ich gegen meine Rückenlehne drücken fühlte, «in der der deutsche Offizier gefragt wird, wie ihm Bennys Hamlet gefallen habe? Und er gibt zur Antwort: ‹Was er mit Shakespeare gemacht hat, das machen wir heute mit Polen!›»

Von neuem lachten wir pflichtschuldig über dieses Bonmot los. Worauf sich der unmögliche, alberne alte Gillingwater an mich wandte: «Weißt du was, Leo, dieser deutsche Offizier erinnert mich an dich.» Sofort und instinktiv war ich auf der Hut und fragte Herb leise, was ihn denn so an mich erinnere.

«Na ja – was die Nazis mit Polen gemacht haben, das hast du mit Yeats gemacht!»

Ich werde die Szene nicht so schnell vergessen: der

Regen, die dramatische Düsterkeit, die verschwommenen kleinen Regentropfenkolonien, die sich in den vier Ecken der Windschutzscheibe bildeten, das hämische, komplizenhafte Lachen von Qualen und Basserman – ein Lachen, das lauter ausfiel, als es der Witz eigentlich verdiente, das aber wohl ein widerwilliger Tribut dafür war, dass Gillingwater einmal sein sonst reichlich dürftiges Witzniveau übertroffen hatte.

Ich machte eine kleine Pause, bevor ich einigermaßen schroff fragte: «Was in aller Welt soll das heißen?»

Irgendetwas, vielleicht ein rauer Beiklang in meiner Stimme, ließ die anderen mit parodistischer Abgerissenheit verstummen, und obwohl ich keinen der beiden hinter mir Sitzenden sehen konnte, wusste ich, dass sie sich unverzüglich mit einem identischen Ausdruck anblickten, der besagen sollte: «Was ist nur in Leo gefahren?»

Gillingwater, den Blick geradeaus auf die Straße geheftet und sich mir auch nicht zuwendend, als er antwortete – und dies, wie ich argwöhnte, keineswegs nur deshalb, weil er nicht von der Fahrbahn abkommen wollte –, setzte nun nuschelnd zu einer unbeholfenen Entschuldigung an.

«Ich wollte doch nur sagen, in deinem Buch – in *Either/Either* ...» (Herbert sprach den Titel konstant falsch als *Eeether/Eyether* statt als *Eyether/Eeether* aus, ein winziger Fehler und gewiss keine willentliche Beleidigung, doch in dieser Situation auch nicht gerade dazu angetan, die verkrampfte Stimmung aufzulockern.)

Da dies jedoch im Moment alles schien, was er zu seiner Verteidigung vorzubringen hatte, sprang ihm nun Geoffrey Qualen, und meines Erachtens ähnlich ungeschickt, eilig bei: «Herb wollte wahrscheinlich einfach sagen, dass du einer der aggressiven Literaturtheoretiker bist. Du bist wie ein Gestapo-Offizier» (und an dieser Stelle legte er einen teutonischen Akzent in seine Stimme), «denn du hast gewisse Mittel, einen Text zum Sprechen zu bringen. Mein Gott, Leo, sei nicht gleich sauer. Herb hat es doch als Kompliment gemeint.»
Die Umstände nötigten mir nun eine Förmlichkeit auf, zu der ich eigentlich gar kein Recht hatte. «Ihr müsst wirklich entschuldigen», sagte ich, «dass ich so humorlos wirke. Aber ihr wisst ja, dass ich, anders als ihr, jene Jahre selbst durchgemacht habe, und es war weder mir noch meinen Genossen je gegeben, mit der Gestapo witzige Vergleiche anzustellen. Verzeiht mir bitte, aber ich fürchte, es gelingt mir auch heute noch nicht.»
Diese scheinheilige kleine Ansprache entlockte Herb schließlich eine breiige, dumpfe und schleppende Entschuldigung, der betretenes, angespanntes Schweigen folgte, welches mehr oder weniger andauerte, bis wir durch das stille, trauliche Dunkel von New Harbors Innenstadt fuhren. Und schon wieder – und auf eine Art, die ich allmählich, ungeachtet der mir daraus offensichtlich erwachsenden Vorteile, regelrecht obszön fand – steckte man mir, als unser Wortwechsel wie gehabt publik wurde, nur eine weitere Feder an einen

Hut, der sowieso schon überschmückt war; und meine stoisch gehütete Erinnerung an schlecht verheilte Wunden aus der Résistance, die preiszugeben mich der Fauxpas des armen alten Gillingwater nach so vielen Jahren bewundernswürdig diskreten Schweigens gezwungen hatte, lieferte den Leuten nur einen weiteren Grund, mich heilig zu sprechen.

Der zweite Vorfall, ungefähr sechs Monate danach, war ungleich ernsthafterer Natur. Ausgerechnet aus Algier erreichte den Dekan ein Schreiben in französischer Sprache und ohne Unterschrift, in dem ich in kurzen, aber unmissverständlichen Worten bezichtigt wurde, im besetzten Paris ein Kollaborateur gewesen zu sein. Der Dekan, den ich nur flüchtig kannte, bestellte mich nun aber weder in sein Büro, noch unterhielt er sich sonst je mit mir persönlich über diesen Brief. Stattdessen schickte er ihn mir kommentarlos nach Hause; den Text hatte er nebeneinander mit einem enormen Fragezeichen und einem noch enormeren Ausrufezeichen verunstaltet. Zwar war der Brief auf der Maschine getippt worden, doch die mehrfachen läppischen Schnitzer und die alles andere als sattelfeste Syntax ließen an der Identität des Verfassers nicht den geringsten Zweifel: Der Brief stammte von Louise.

Unverzüglich schickte ich eine Antwort an den Dekan ab. Darin erwähnte ich mit keiner Silbe meine Verbindung zur Résistance, sondern wies lediglich beiläufig darauf hin, dass ich – auch wenn alle betreffenden Dokumente fraglos verloren seien – in die Vereinigten

Staaten hatte auswandern dürfen, was mir wohl nicht so leicht gefallen wäre, hätten die geringsten Vorbehalte gegen meine Person bestanden, wäre ich mit einem Wort der Kollaborateur gewesen, den sich mein Denunziant herbeiphantasiert habe. Vielleicht liege aber in dessen Gedächtnis, so fügte ich bei, auch nur eine Verwechslung mit meinem Vater vor, der tatsächlich, wie ich beschämt gestehen müsse, wegen seiner engen Kollaboration mit den Besatzern angeprangert worden sei. Und ich schloss, indem ich der Hoffnung Ausdruck gab, dass Inhalt und Qualität meines in Amerika geschaffenen Werkes die Unhaltbarkeit einer derartigen Verunglimpfung so deutlich unter Beweis stellten, dass unter intelligenten Menschen darüber keine ernsthafte Diskussion möglich sei. Ich dankte dem Dekan dafür, dass er mir den Brief vorgelegt hatte, den ich, sofern ich nichts anderes von ihm hörte, zu zerstören gedächte, denn der Umstand, dass man mich hinter meinem Rücken der Kollaboration beschuldige, und dies gegenüber einer Person, die die Tatsachen unmöglich einordnen oder überprüfen könne, stelle einen verleumderischen Angriff dar, gegen den ich mich wehrlos fühlte.

Als Antwort ging mir eine äußerst knappe Mitteilung zu – «Lieber Léo, Ihre Haltung ist die einzig angemessene. Selbstverständlich müssen Sie den Brief zerstören. Ihr Franklin» –, und das Thema kam nie wieder zur Sprache. Und obwohl es genau zu jenen Geheimnissen gehörte, die innerhalb einer Gerüchteküche wie des Lehrkörpers von New Harbor nahezu unmöglich über längere Zeit gehütet werden konnten, glaube ich nicht, dass sich der Dekan je mit anderen, und sei es nur im Rahmen einer harmlosen Plauderei, darüber unterhielt. Es wäre mir am Ende, und in aller Deutlichkeit, zu Ohren gekommen.

Doch aufgrund dieser beiden brenzligen Situationen – die albtraumartigen Albereien der ersten, der kribbelig-kultivierte Briefwechsel der zweiten – wurde mir umso bewusster, in welch prekärer Lage ich mich nun plötzlich befand, und ich verfluchte mich dafür, dass ich überhaupt je der prahlerischen Versuchung nachgegeben hatte, ein solches Buch zu schreiben und zu veröffentlichen. Es war nicht unmöglich, nein, nun war es sogar wahrscheinlich, dass auch andere Dinge durchsickern, andere unangenehme Fragen aufkommen und irgendjemandem andere vereinzelte, vieldeutige Fußnoten wieder einfallen würden – und sich somit die Schlinge um meinen Hals zusammenzöge. Ich konnte so nicht weiterleben und Tag für Tag jede einzelne wurmstichige Frucht meines Erfolgs hinunterwürgen. Ich will nicht tun, als sei ich ein Romancier, ein Aushecker ergreifender Handlungen. Es will mir, ich mag mich noch so verzweifelt bemühen, nicht glücken, die schreckliche, endlose Angst anschaulich zu machen, die mich schon beim bloßen Gedanken an die Entlarvung durchzuckte. Und wenn ich den Vorfall in Herbs VW, die Regenböen, die Scheibenwischer, das voll gestopfte, kalte und doch dumpfe Wageninnere mit mehr Eindringlichkeit geschildert habe als die letztlich größere Unbill der anonymen Denunziation, dann deshalb, weil ich in dieser ganzen Zeit genau das Gefühl hatte, unter einem riesenhaften, alles bedeckenden, auf meinen heiß gelaufenen Schädel geschnallten Helm hervor in die Welt zu blicken.

Und dann entsprang diesem Schädel das, was ich die Idee meines Lebens nennen möchte, eine Idee so grandios, so sensationell, dass ich, als ich sie auszuformulieren begann, buchstäblich meine Haare zu Berge stehen fühlte.

Was bezweckte ich überhaupt? Ich wollte ein Alibi hervorzaubern – ein Alibi für drei Jahre Verworfenheit. Ein Alibi, um die Welt davon zu überzeugen, dass ich während dieser drei Jahre, die dreißig Jahre zurücklagen, *woanders* gewesen war, und zwar intellektuell, wenn schon nicht physisch (denn diese Quadratur des Kreises hätte selbst meine Erfindungsgabe überfordert). Ein Alibi, das in letzter Konsequenz besagen würde: Es kann kein «weil» geben für ein Verbrechen, *das ich nur scheinbar begangen habe*. Und warum konnte es kein «weil» geben? Weil es einfach kein «warum» gab, darum.

Das Terrain war verheißungsvoll, und genau jene Vieldeutigkeiten, auf die sich mein Alibi gründen sollte, lagen bereits in der Luft; ich brauchte sie nur noch ihrer so absurden wie logischen Schlussfolgerung zuzuführen. Die Welt, das stand für mich fest, würde mir entgegenkommen. Sie wartete ja nur auf ein Alibi, eine Amnestie dieser Art, denn neben mir gab es noch viele, viele andere, die dafür dankbar sein und ganz auf mein Glück setzen würden – so wie Roulettespieler, ganz gleich, wie fanatisch sie gerade noch an die Unfehlbarkeit ihres eigenen Systems geglaubt haben, sich stets pragmatisch dem Erfolg eines Gewinners beugen und ihre Chips dankbar der gleichen Glücksnummer anvertrauen werden wie dieser. Es war mir nie ernsthaft darum gegangen, die Tatsachen umzustoßen oder auf den Kopf zu stellen. Nichts lässt sich je umstoßen, nichts kann auf den Kopf gestellt werden – wie ein Stehaufmännchen wird es sich am Ende immer wieder von selbst aufrichten. Es ging vielmehr darum, vorwärts und nicht rückwärts zu schreiten, die Sache unerbittlich und unentwegt möglichst weit zu treiben, die Geschichte selbst neu zu interpretieren, zu tun, was selbst Gott nicht zu tun vermag: die Vergangenheit ändern.

Voilà. Ich war einer der renommiertesten Literaturtheoretiker der Vereinigten Staaten. Ich hatte Schüler in Hülle und Fülle, die (wie es das Klischee am schönsten ausdrückt) an meinen Lippen hingen. Ich war drauf und dran, das Juwel der prestigeträchtigsten Eliteuniversität des ganzen Landes zu werden. Eine nicht unerwartete Folge meines ersten Buchs war es paradoxerweise gewesen, dass darin *der* Autor seines Primats beraubt wurde, damit sich sein eigener Autor einen Namen machen konnte. Nicht unerwartet, da es für einen radikalen Theoretiker wie mich zu den Grundregeln gehörte, mit den Lesern zu spielen. Ich wusste, dass sie wussten, und sie wussten, dass ich wusste, dass mein Buch, sollte es die Wirkung ausüben, die es so augenscheinlich auszuüben suchte, vorgeben musste, es allein sei frei von all den verästelten Vieldeutigkeiten und omnipräsenten Leerstellen, die es in den von ihm kommentierten Texten aufzuspüren behauptete. Es allein musste so gelesen und interpretiert werden, wie sein Autor es gelesen und interpretiert haben wollte, *und nicht anders* – wodurch aber gerade das in ihm ebenfalls aufgestellte Prinzip vom Tod des Autors und von der Pluralität möglicher Lektüren auf den Kopf gestellt wurde. Denn hätte ich tatsächlich an den Tod des Autors geglaubt, weshalb hätte es mich im Geringsten kümmern sollen, ob mein Name auf dem Schutzumschlag stand?

Und eines Tages, als ich gerade solchen Gedanken nachhing, flog mir die Idee zu. Was, so dachte ich, konnte mich davon abhalten, den Autor *wirklich* umzubringen – und zusammen mit ihm einen ganz bestimmten Autor, den ich mehr als alle anderen verachtete und den ich, militärisch gesprochen, so gerne liquidieren wollte? Der Kluge, so sagte Laubreaux, kann alles vertreten, wenn er nur will. Gut und schön, ich würde also den Tod des Autors herbeiführen, seine Endlösung, seine Ausmerzung aus dem Text der Welt. Unter Zuhilfenahme der unbarmherzig blendenden und nicht zu widerlegenden Logik, die ich so meisterhaft zu handhaben wusste, würde ich nicht bloß das Primat, sondern die eigentliche Existenz des Autors bestreiten – *und entsprechend die eigentliche Existenz von Hermes bestreiten*. Ich würde behaupten, dass die Präsenz des Autors neu als Absenz definiert werden müsse – *und dass entsprechend die Präsenz des Autors Hermes neu als Absenz definiert werden müsse.* Dass es nicht nur keine einzelne privilegierte Interpretation eines beliebigen Textes geben könne, sondern dass überhaupt kein Text existiere, der eine Interpretation, egal, auf welcher Ebene, zulasse – *und dass entsprechend kein Text von Hermes existiere, der eine Interpretation, egal, auf welcher Ebene, zulasse.* Dass alle Texte selbstreferentielle Einheiten seien, weshalb die diese Texte artikulierenden und stets nur mit anderen Wörtern in Verbindung tretenden Wörter niemals eine «reale» Welt außerhalb dieser Texte widerspiegeln könnten – *und dass entsprechend keines von Hermes' Wörtern jemals eine reale Welt außerhalb seiner Texte widerspiegeln könne.* Dass, von einem theoretischen Standpunkt aus betrachtet, die Erwägung der tatsächlichen historischen Existenz eines Schriftstellers reine Zeitverschwendung sei – *und dass entsprechend die Erwägung von Hermes' tatsächlicher historischer Existenz reine Zeitverschwendung sei.* Dass man jedem Text, wenn er gründlichster Analyse, exaktester Entzifferungsarbeit unterworfen werde, unwiderleglich nachweisen könne, dass er die von ihm scheinbar vertretene Ideologie demaskiere und unterminiere – *und dass man entsprechend Hermes' Texten unwiderleglich nachweisen könne, dass sie die von ihnen scheinbar vertretene Nazi-Ideologie demaskierten und unterminierten.* Dass sich schließlich, auf der profundesten Ebene einer solchen Analyse, alle Bedeutung, alle Verständlichkeit, alle Möglichkeit der Interpretation auflösen würden in einem zusammenhanglosen Stimmengewirr, in einer allumfassenden Regression leerer sprachlicher Zeichen – dies wäre für jeden Text, *und entsprechend für jeden von Hermes' Texten*, der Schlusspunkt, die letzte Haltestelle vor dem Abgrund, was ich, in einer glücklichen Eingebung, als seine Aporie bezeichnete.

Hier, in den zukünftigen Prinzipien der *Theorie*, steckte mein Alibi. Gewiss, wenn das Buch, in dem ich diese Prinzipien darzulegen gedachte, auch nur halbwegs an den Erfolg von *Entweder/Entweder* anknüpfte – und ich konnte damals noch nicht ahnen, welch ungleich größerer Triumph der *Teufelsspirale* beschieden sein sollte –, dann würde mich dies meiner Apotheose und damit meiner wahrscheinlichen Entlarvung als Nazi-Kollaborateur einen entscheidenden Schritt näher bringen. Gleichzeitig aber, und darin lag die eigenartige Schönheit meines Kunstgriffs, würde mich mein Buch – sozusagen rückwirkend wie vorauseilend – genau von jenen Vergehen freisprechen, die der Nachglanz seiner Veröffentlichung ein für alle Mal ans Licht zu bringen drohte.

Es würde kein Kinderspiel werden, dessen war ich mir durchaus bewusst. Es würde nicht einfach sein, mich selber *ex post facto* mit einem alles in allem doch rein theoretischen Werk zu entstigmatisieren. Ich war nicht so naiv anzunehmen, mein Buch würde vor Gericht als Beweisstück anerkannt werden. Auf mich wartete, unabhängig vom Ergebnis, *un mauvais quart d'heure*, den ins Auge zu fassen ich mich aufraffen und den zu überstehen ich mich fühllos machen musste. Im günstigsten Falle würde sich meine spezielle Aura, die mich als Literaturtheoretiker umgeben hatte, für immer in Luft aufgelöst haben.

In dieser Hinsicht bekümmerten mich nicht so sehr meine Gegner und das, was sie vorzubringen hätten, sondern vielmehr meine Schüler, meine vormaligen Fürsprecher, die mir, so stand zu befürchten, meine Jugendsünden nicht so schnell, ja möglicherweise nie verzeihen würden; die nicht nur mich, sondern auch den fortan befleckten theoretischen Apparat verwerfen würden, den ich (ähnlich dem Duellanten, der sich ebenfalls für die Waffe entscheidet, mit der er am meisten Übung hat) zu meiner Verteidigung aufgefahren hatte.

Doch von allen Dingen dieser Welt, die sich das lemminghafte *Genus* akademischen Mittelmaßes ans kollektive Herz drückt, ist ihm nichts so lieb und teuer wie eine Doktrin, ein Katechismus, ein vorprogrammiertes System, dessen Regeln es einfach auswendig lernen und sich auf ewig einprägen kann – und als höchste Autorität jener Doktrin dient ihm mal ein freundlicher, mal ein unbarmherziger Gesetzgeber, mal eine Vaterfigur, mal ein Führer, dem die Donnerkeile wie Füllfederhalter aus der Brusttasche ragen. Ich wusste, dass sich unter meinen zahlreichen Schülern tapsige Nullitäten in großer Zahl befanden, die selber zu keinem einzigen vernünftigen Satz imstande waren und die Literaturwissenschaft als eine Art intellektuellen

Papierkriegs betrachteten, deren noch so winzige und unscheinbare Erkenntnis mit zweifachem Durchschlag ausgefertigt werden musste; Personen, die sich vergeblich abquälten, mit geschwulstartig sich ausbreitenden klumpigen Sätzen und Nebensätzen den Schein eines zusammenhängenden Arguments zu erzeugen und zu artikulieren. Ich wusste, dass auf diese Nullitäten Verlass war – genau sie würden, zynisch auf ihren eigenen Vorteil bedacht, nach meiner Melodie marschieren und in meiner neuen und hoffentlich modischen Doktrin ein Mittel erblicken, mit dem ihre Karrieren aus den dicken, grauen Nebeln der Durchschnittlichkeit errettet werden konnten, in denen sie steckten. Da waren auch jene, die sich dieses Rasters gerne bedienen würden, um die Welt zu interpretieren, ohne den eigenen Intellekt bemühen, ohne selber Gedanken anstellen zu müssen – und die sich dabei zu allem Überfluss auch noch als Rebellen, Ketzer und Bilderstürmer fühlten. Und schließlich waren da noch jene anderen, die geborenen Höflinge, in deren kriecherischem, schleppentragendem Seelenhaushalt der Kitzel, zu Füßen eines Meisters zu sitzen, so ungleich bedeutender war als die Frage, woraus diese Füße denn gemacht seien. Bereits konnte ich sehen, wie diese Art Schüler, in heller Panik, dass die Schmach des Vaters auch auf seine allzu gutgläubigen Söhne und Töchter abfärben könnte, zu meiner Verteidigung herbeieilen und sich ungestüm an die Aufgabe machen würden, meine alten Artikel im Lichte meiner neuen Theorien zu deuten. Und manchmal gelang es mir sogar, in meiner eigenen dunklen Erinnerung einzelne Passagen jener Artikel auszugraben, deren syntaktische Vieldeutigkeit als mehr oder weniger schlüssiger Beweis dafür herbeigezogen werden konnte, wie fintenreich ich die Textoberfläche konstruiert und damit den doppelten Zweck erreicht hatte, auf der einen Seite meine Nazigebieter zu täuschen und auf der anderen den scharfsichtigeren unter meinen Lesern einen völlig gegensätzlichen, verborgenen Sinn zu vermitteln, den Sinn eines versteckten Angriffs, den ich beherzt gegen die verhasste Ideologie führte, deren untertänigster Sklave ich zu sein schien.

Als Lösung konnte es nur ein Kompromiss sein, ein Kompromiss, der meinem Ruf fast zwangsläufig Schaden zufügen musste. Die Alternativen dazu waren jedoch schlicht undenkbar. Denn ich konnte (abgesehen davon, dass eine solche Selbsterniedrigung in dieser Phase meines Berufslebens sowieso kaum noch möglich gewesen wäre) einfach nicht mehr in die zwielichtige Anonymität von Raphaëls Buchhandlung oder zu ähnlicher Arbeit zurückkehren; und selbstverständlich konnte ich das nicht zu Rechtfertigende auch nicht rechtfertigen. Aber vielleicht, so redete ich mir ein, käme es ja auch überhaupt nie soweit.

Ich schrieb die *Teufelsspirale* in ungewöhnlichem Tempo, in der Hitze jener Inspiration, die ich als kritische Kategorie so häufig verworfen hatte, schrieb sie mit der Hand auf die linierten Seiten eines wachsenden Stoßes von Übungsheften, was mich dazu antrieb, an meinem Stil in einem Maße zu feilen, wie es sonst gar nicht meine Art war – vom allerersten Entwurf an glaubte ich, jeder einzelne Satz müsse der Tatsache gerecht werden, dass er schon unterstrichen war, bevor er überhaupt niedergeschrieben wurde. Von daher rührten zweifellos der erhabene Gang meiner Prosa und die schon fast mathematische Eleganz und Verschlungenheit des funkelnden Ideengewebes (jedes Denken strebt der Mathematik zu, so wie jede Kunst, laut Walter Pater, der Musik zustrebt). Die gesamte Arbeit war in etwa sieben Monaten abgeschlossen, und ich hatte, wie man sich leicht denken kann, keinerlei Schwierigkeiten, die New Harbor Press davon zu überzeugen, das Buch postwendend zu verlegen.

Der Plan war geschmiedet, und sein Erfolg hing teilweise vom Erfolg des Buches selber ab. Gleichzeitig wollte ich nicht unbedingt außerhalb der akademischen Welt Aufsehen erregen, sondern lediglich den üblichen *succès d'estime* des Gelehrten einheimsen, den privaten, vertraulichen Beifall der Eingeweihten. Entsprechend fassungslos war ich, als ich mit ansehen musste, wie sich das Buch zu einem verlegerischen Phänomen entwickelte, zu einem Triumph, der meine ausschweifendsten Phantasien in den Schatten stellte und den ich nur als den ersten goldenen Nagel zu meinem Sarg wahrnehmen konnte.

Ich wurde berühmt. Und in gewissem Sinne wurde ich sogar reich, denn die *Teufelsspirale* erklomm für kurze Zeit selbst die Bestsellerliste der *New York Times*, wo sie zwar nie über die untere Hälfte der Leiter hinauskam (und man an gleicher Stelle auch munkelte, die Zahl ihrer Käufer übersteige bei weitem die ihrer Leser), aber in der Bestsellerliste war sie nichtsdestotrotz. Mein glückseliger Verleger fing an, mir Rezensionen, Artikel und Briefe, persönliche Briefe – Fanpost! – in nicht zu bewältigenden dicken Bündeln zuzuschicken. Und die ungezügelten Spekulationen, die ich einzig zum Zwecke meiner Reinwaschung angestellt hatte, waren zur *Theorie* geronnen. *Die Theorie!* Eine Flutwelle, die Campus um Campus überschwemmte und eine solche Anzahl von Fakultäten entzweite, wie um die Jahrhundertwende die Dreyfusaffäre Familien entzweit hatte, und welche zum denkbar unversöhnlichsten Entweder/Oder führte: Entweder man war dafür oder dagegen, einen Mittelweg gab es nicht. Ich konnte bloß hilflos zusehen, wie Wirtschaftsjournalisten von einer *Theorie* der Wall Street sprachen, Sportreporter sie auf die Baseball-Meisterschaften und Modekritiker auf *prêt-à-porter*-Kollektionen anwandten. Sie fand Eingang in die Wörterbücher und in die Umgangssprache. Selbst in der *Tonight Show* riss Johnny Carson einen Witz über sie. Und lediglich dreißig Monate nach Erscheinen des Buchs (und so furchtbar viel früher, als ich eine solche Entwicklung erwartet hätte) suchte mich Astrid Hunneker auf und verkündete mir ihre Absicht, die Geschichte meines Lebens, ob autorisiert oder nicht, zu schreiben.

Als sie mir ihr Vorhaben eröffnete, schaute ich als Erstes instinktiv auf die Uhr. Dies – ein bloßer Reflex meinerseits, so ungünstig er, wie mir schlagartig bewusst wurde, zeitlich auch gewählt war – fasste sie völlig falsch auf. Das gleichermaßen trotzige wie besorgte Lächeln, mit dem sie mir ihre Nachricht verkündet hatte, schwand rasch aus ihren Zügen und machte einem verdrießlichen Schmollen Platz. Sie war verstimmt, offensichtlich aber auch verdutzt, dass ich mir ausgerechnet den entscheidenden Moment unseres Gesprächs ausgewählt hatte (jenen Moment, in dem sie ihre Trumpfkarte ausspielte), um eine Haltung erkennen zu lassen, die sie wohl als schroffe, nervöse Unduldsamkeit deutete. Doch wie konnte ich ihr vermitteln, dass ich auf der Uhr eigentlich nicht die Zeit, sondern sozusagen Zeit suchte; dass das, was ich sah, und alles, was ich sah (soweit ich überhaupt etwas sah), der Sekunden- und der Minutenzeiger waren, welche als Hase und Igel rund ums Zifferblatt ihren immer währenden Wettlauf vollführten, wobei jener streng gemessen voranschritt, während dieser mit listigem, verstohlenem Gang immer schon «all hier» war? Wie konnte sie ahnen, dass ich seit bald siebzehn Jahren auf jemanden wartete, der mir sagte, was sie gerade gesagt hatte – darauf wartete, dass dieses Ereignis endlich einträte, als sei seine «Stunde» gekommen? Und wie konnte ich ihr mitteilen, dass ich meine Entscheidung, nun die Flucht nach vorne anzutreten, bereits getroffen hatte – und sei es vielleicht just in der Sekunde, in der sie mir ihr Vorhaben enthüllte. Wenn etwas zur Sprache kommen muss, muss es zur Sprache kommen. Irgendwann muss es einfach zur Sprache kommen.

«Verstehe ich Sie richtig, Professor Sfax», erkundigte

sie sich in einem Ton, der ahnen ließ, dass ihre Kühnheit erneut die Oberhand gewonnen hatte, «dass Ihre Vorbehalte …»
«Aber ich habe doch überhaupt keine Vorbehalte», entgegnete ich, zum ersten Mal seit meinem Fauxpas lächelnd. «Im Gegenteil, ich bin ganz einverstanden – so unmaßgeblich das sein mag.»
Sie vermochte kaum zu fassen, dass sich das Blatt scheinbar radikal zu ihren Gunsten gewendet hatte.
«Sie legen mir also – was ich sagen möchte, Sie legen mir also keine Hindernisse in den Weg?»
Ich versprach, ihr auf jede erdenkliche Weise behilflich zu sein – denn ich glaube an Diplomatie und, sofern es die Umstände erlauben, auch an Toleranz –, und ich bot sogar an, ihre Nachforschungen mit der Abfassung eines kurzen einführenden Textes zu unterstützen. Im gleichen Atemzug wies ich sie jedoch darauf hin, dass es recht wenig sei, was ich wirklich tun könne, zumal die meisten Angaben, die einen früheren Abschnitt meines Lebens beträfen, nicht mehr eingeordnet oder überprüft werden könnten, da zu viele der entsprechenden Dokumente verloren gegangen seien. Es sei aber auch verfrüht, sich über diese Dinge den Kopf zu zerbrechen. Verständlicherweise hatte sie zuerst mit mir sprechen wollen, bevor sie sich auf Verlagssuche machte, und ich will gleich gestehen (obwohl ich ihr gegenüber selbstverständlich nichts Derartiges verlauten ließ), dass ich bereits in dieser frühen Phase dem ganzen Unterfangen eine äußerst düstere Zukunft prophezeite.

Als ich sie zur Bürotür geleitete, fiel mein berühmter milder Blick auf ihr hellhäutiges, hageres, ebenso aristokratisches wie «East Coast»-typisches und außerordentlich hübsches Gesicht, welches von einem rötlich-braunen Haarschopf umrahmt wurde wie ein Spielzeugtheater von Pappvorhängen.
«Ihnen ist doch wohl klar», bemerkte ich, noch immer lächelnd, «dass Sie mich niemals *einfangen* werden? Das ist noch nie jemandem gelungen.»
Nun war sie es, die lächelte, breit, ja beinahe mädchenhaft – ein Lächeln, so spontan und unbedacht wie ein schamhaftes Erröten.
«Wussten Sie nicht, dass ich bildhauere?», fragte sie unvermittelt, als sei ihr dies sozusagen «anzusehen», denn mir war schleierhaft, wie ich sonst davon hätte wissen sollen.
«Ach – tatsächlich?»
«Leider nur Gegenständliches, meistens Köpfe. Aber manche behaupten, ich könne sehr gut porträtieren. Ich würde gerne ein Porträt von Ihnen machen – wenn Sie mich lassen.»
Geziert ausweichend antwortete ich, nun sei es erst einmal am Verlag, sie zu lassen – «Wo ein Wille ist, ist auch ein Weg», murmelte ich, «… oder besser gesagt, wo ein Weg ist, ist auch ein Wille.»
Sie lachte, und mit einem Händedruck verabschiedeten wir uns.
Ich nahm wieder am Schreibtisch Platz und ließ die seltsame kurze Szene Revue passieren. Wieder warf ich einen Blick auf die Uhr, doch dieses Mal lediglich, um

die Zeit abzulesen. Ihr Termin bei mir war um fünf gewesen, und nun war es eine Minute nach halb sechs. Es hatte also bloß eine halbe Stunde gedauert, bis die Würfel gefallen waren. Und eine Bildhauerin hatte sie geworfen. Eine Bildhauerin? Beschert denn das Schicksal jedem in seinem Leben mindestens eine Bildhauerin? Astrid! Schon ihr Name kündete vom «Kreativen» in all seinem furchtbaren Schrecken. Nein und nochmals nein, ihr durfte ich meinen Kopf nicht anvertrauen.

Ich vergewisserte mich, dass ich an diesem Nachmittag keine Termine mehr hatte, und schaltete gut gelaunt meinen Mac ein, denn ich konnte mit dem restlichen Tag anfangen, was mir beliebte. Ich erstellte eine neue Datei, gab ihr das Passwort *Hermes* und starrte bestimmt fünf oder sechs Minuten auf den Bildschirm, auf die blanke, weiße Bildschirmseite. Schließlich fing ich zu tippen an (im Prinzip bin ich ein Zweifingermensch, ja eigentlich sogar ein Einfingermensch, denn der linke Zeigefinger dient lediglich als Gehilfe des rechten und interveniert wie die weniger flinke Hälfte in einem Tennisdoppel, um sich hier ein Komma, dort einen Apostroph zu schnappen) und schrieb die hundertsechs Seiten, die du, Leser, soeben gelesen hast.

Zwei Monate später, im Februar des folgenden Jahres, rief mich Astrid Hunneker an und teilte mir die große Neuigkeit mit. Da sie die frisch gewonnene Aktualität ihres Themas als zusätzliche Sicherheit hat-

te ins Feld führen können, war es ihr wider Erwarten gelungen, einen Verlag zu finden, und zwar weder meinen eigenen in New Harbor noch das schrullige Kleinunternehmen, das Astrids Dissertation herausgebracht hatte, sondern eines von New Yorks großen Verlagshäusern an der Fifth Avenue. In diesem Verlag löste die Aussicht, eine autorisierte Biographie des gefeierten Léopold Sfax publizieren zu können, eine solche Begeisterung aus, dass man Astrid bereits sage und schreibe ein mittleres fünfstelliges Angebot unterbreitet hatte und sie (wie sie mich mit der ganzen herzlosen Unbekümmertheit der Jugend wissen ließ) zur sofortigen Arbeitsaufnahme ermuntert hatte, aus Furcht, die Rose könne noch vor dem Erscheinungstermin verblüht, der Meteor meiner Berühmtheit bereits am Niedergehen sein. Astrid teilte mir mit, sie habe die Absicht, zwischen dem Haus ihrer Eltern in Manhattan – welches ich irgendwo an der Upper East Side vermutete – und New Harbor zu pendeln, wo sie sich vor allem in der Ruggles Library aufhalten und eine Wohnung mit Ralph MacMahon teilen wollte, welcher sie in die Wonnen der *Theorie* eingeführt hatte und sich immer noch mit der Fertigstellung seiner endlosen Doktorarbeit abmühte.
Astrids Plan für uns beide sah vor, dass sie mit mir eine Reihe von Interviews führen und auf Tonband festhalten würde; anhand der so gewonnenen Informationen würde sie sich im Paris meiner Kindheit orientieren können, wohin sie, fürstlich ausgestattet mit dem fünfstelligen Vorschuss, im Frühsommer zu reisen gedach-

te. Zunächst gab ich meinen Segen zu diesem Programm. Allerdings warnte ich sie, dass ich mich ihr aufgrund von Lehrverpflichtungen, die einen derart massierten Angriff auf meinen Zeitplan schlicht nicht erlaubten, unmöglich an sechs oder sieben Tagen hintereinander zur Verfügung stellen könne, wie sie dies im Idealfall von mir erhoffte. Mein zweites und, wie man mir glauben wird, zwingenderes Motiv für meine abweisende Haltung gestand ich ihr allerdings nicht ein; ich hatte nämlich keineswegs die Absicht, mich mit ihr in mein Büro zu setzen und, derweil mir ein Tonbandgerät jedes Wort ablauschte, entweder die ganze Wahrheit zu sagen oder vor mir selbst einen Meineid über mein Leben zu leisten.

Jetzt, wo sich die Lage so zugespitzt hatte, wo die «Stunde» schließlich gekommen war, merkte ich, wie hoffnungslos schlecht ich mich vorbereitet hatte und wie ich von den Ereignissen überrumpelt wurde; deshalb suchte ich verzweifelt nach einer Verzögerungstaktik, die mir Zeit zum Überlegen ließ. Es wird den Leser überraschen, dass ich (obwohl ich die *Teufelsspirale* genau für den nun eingetretenen Fall geschrieben hatte) vor dieser Situation zurückschreckte, anstatt ihr mutig entgegenzutreten und meine Schuld möglichst auf die leichte Schulter zu nehmen. Aber zu vieles war zu schnell geschehen, und ehrlich gesagt hatte ich einen allfälligen Angriff stets aus Frankreich erwartet, vonseiten einer unbekannten, unbeteiligten und mehr oder weniger abstrakten Partei, mit der mir jede direkte persönliche Konfrontation erspart bliebe. Und zudem kann, man mag sich ein künftiges Geschehen noch so exakt im Geiste ausmalen, nichts je auf die Wucht vorbereiten, mit welcher der Schlag einen schließlich trifft.

Und ein Problem hatte ich nicht vorausgesehen. Weil die *Teufelsspirale* ja meine Haut retten sollte, hatte ich klar und dogmatisch eine Reihe von Hypothesen formulieren müssen, die anfänglich auf Widerstand stoßen mussten; dadurch war ich, wie ich feststellte, gelegentlich in eine Ausdrucksweise abgerutscht, die bei weitem ungeschlachter, aggressiver und brachialer war als alles, was ich in der Vergangenheit je geschrieben hatte. Um zu schildern, welche Behandlung meiner Meinung nach all den alten, überholten literaturtheoretischen Riten und Gebräuchen blühe, wenn sie von meinem eigenen Werk und dem Werk meiner Nachfolger endgültig hinweggefegt würden, hatte ich, wie ich heute weiß, in rasender Verantwortungslosigkeit auf Wörter wie «vergewaltigen» und «vernichten» und «einfallen» und «ausrotten» zurückgegriffen, und ich ging selbst so weit, gewisse Gedankengänge des Buches als «totalisierend und potentiell totalitär» zu bezeichnen. Und diese außerordentliche sprachliche Maßlosigkeit zeitigte nun den misslichen Effekt, dass sich die Feinde der *Theorie* ihrer Haut zu wehren begannen und ihre Position verteidigten; und mehr als ein feindseliger Kommentator behauptete, die *Theorie* sei von Grund auf faschistisch und von einer nihilistischen, amoralischen Ideologie durchdrungen. Ganz besonders entsetzt war ich, als ein angesehener Literaturtheoretiker, der in Harvard Professor war und den ich stets als Verbündeten und Freund betrachtet hatte, in seiner Rezension schrieb: «Die so genannte Theorie bietet keinerlei Basis, aufgrund deren, *um ein Beispiel zu nennen*, eine Rückweisung und eine entsprechende moralische Kritik des Nazismus möglich wären.» Die Hervorhebung stammt von mir: Ich wusste nämlich, dass weder ich noch mein Werk bestehen konnten, wenn die Enthüllung meiner Vergangenheit auf den Schaumkronen solcher Feindseligkeit daherkäme.

Meine ursprüngliche Absicht war es deshalb gewesen, die Eröffnungssitzung mit Astrid, die nun endlich anzuberaumen sie mich anflehte, mit dieser und jener Ausrede immer wieder zu verschieben. Doch schließlich schien es mir diplomatisch das Klügste zu sein, mit ihr bis zu einem gewissen Punkt zu kooperieren. Und so trafen wir uns eines Nachmittags in meinem Büro, wo ich es fertig brachte, unser Gespräch fast ausschließlich auf unseren nachmaligen *modus operandi* zu fokussieren, auf die Notwendigkeit, eine gangbare Verfahrensweise für die Zukunft festzulegen – und es von allen für mich potentiell heiklen Themen fern zu halten. Wir plauderten auch locker über die *Theorie* und tauschten uns über klassische englische Kriminalliteratur aus, die offensichtlich fast täglich auf ihrer Speisekarte stand.

Dass sie sich nach einem so unergiebigen Start unzufrieden und frustriert fühlen musste, hatte ich erwartet. Deshalb überreichte ich ihr, als sie sich, ohne mir einen genauen Termin für unser nächstes Treffen abgerungen zu haben, zum Gehen anschickte, den zwanzigseitigen Lebensbericht, welchen ich genau zu diesem Zweck in den Computer getippt hatte und von dem ich mir erhoffte, er werde von ihr als eine besondere Aufmerksamkeit aufgefasst, als persönliches Zeichen meiner Kooperationsbereitschaft. Es handelte sich um eine eindeutig orthodoxe Fassung, der aber trotzdem der Schaum eines «personal touch» und eine launische Lässigkeit des Tons eigen waren – vor allem in der Beschreibung einer kuriosen kleinen Identitätskrise am Grabe meines Großvaters. Deutlich herausgestrichen wurde auch meine Freundschaft zu Raphaël und seiner Frau, vermochte ich doch keinen plausiblen Grund zu erkennen, weshalb Astrid die beiden, sofern sie überhaupt noch am Leben waren, nicht besuchen sollte. (Obwohl auch ich ziemlich regelmäßig in New York weilte, hatte ich nie daran gedacht, mit ihnen die Verbindung wieder aufzunehmen, noch hatten sie, ungeachtet meiner Berühmtheit, die Verbindung mit mir wieder aufgenommen.) In der Zwischenzeit nahm ich die Dinge möglichst positiv und ging meinen Obliegenheiten wie gewohnt nach, hielt Vorlesungen, besprach mich mit meinen Doktoranden und machte mir Notizen für ein noch nebelhaftes neues Projekt, mit dem ich mich trug.

Doch dann geschah in New Harbor etwas völlig Bizarres, das meine Arbeit ebenso kreischend zum Stillstand brachte wie den Fakultätstrott insgesamt. Herb Gillingwater wurde ermordet!

Ich gehörte wohl zu den Letzten, die davon erfuhren. Im entzündeten Hals die Vorboten einer glühenden Grippe spürend (die, wie mir sogleich versichert wurde, «umging»), hatte ich an diesem Tag sämtliche Termine abgesagt und meine Arbeit mit nach Hause genommen. Als mich am späten Nachmittag ein atemloser, erschütterter, ungläubiger Geoffrey Qualen anrief – dessen Verhalten gleichwohl irgendwo ein deutliches Entzücken darüber verriet, Übermittler einer so aufregenden wie schockierenden Nachricht zu sein –, lag ich, in der Hand Proust haltend, ausgestreckt auf dem Sofa und starrte geistesabwesend durch das hohe Fenster meines Arbeitszimmers auf die schneegesäumten Dachrinnen und Gesimse der Universitätsgebäude, die in der Dämmerung und aus der Ferne ganz wie die Schatten auf einem weißen Negativ wirkten.

Anscheinend hatte Gillingwater am Vortag, ohne seine Studenten darüber zu informieren, zuerst seine Vorlesung um zwei Uhr und anschließend auch jene um vier Uhr nicht gehalten; und auch danach hatte er weder selber angerufen noch sein Telefon abgenommen. Obwohl er alleine lebte und in Haushaltsdingen als notorischer Tölpel galt, hatte sich niemand ernsthaft Sorgen um ihn gemacht, bis eine der Abteilungssekretärinnen, die in seiner Nachbarschaft wohnte, am folgenden Abend auf dem Heimweg an seinem Haus vorbeikam, seine Tageszeitung, die am Morgen verteilt worden war, auf der Veranda liegen sah, vergeblich bei ihm klingelte, die Tür unverschlossen vorfand, eintrat und um ein Haar über die Leiche des armen alten Herb gestolpert wäre. Sein Schädel war eingeschlagen worden; neben diesem lag augenscheinlich die stumpfe Mordwaffe, nämlich eine absurde Shakespearebüste aus Bronze, die Herb bei einem Touristentrödler in Stratford-upon-Avon erstanden hatte, wegen der wir ihn immer aufgezogen hatten und welche nun mit seinem Blut und Hirn beschmiert war.

Der Zufall wollte es, dass ich für diesen Abend von den Qualens eine Einladung zum Abendessen erhalten und wegen der bereits spürbaren Grippe auch schon ausgeschlagen hatte; als Geoffrey nun mit seiner schauerlichen Schilderung zum Ende kam, fragte ich ihn, ob ich angesichts der Umstände die Einladung nicht doch annehmen dürfe. Qualen, ebenso erpicht wie ich, den merkwürdigen Vorfall zu erörtern, forderte mich auf, unverzüglich vorbeizukommen – er lebte auf der anderen Seite der Stadt, und so führte mein Weg direkt übers Universitätsgelände, wo vor dem Dekanat bereits eine ganze Polizeiautoflotte stand.

Nachdem wir der schrecklichen Tragödie, die der Verlust des Freundes für uns darstellte, in gebührender Ausführlichkeit gehuldigt hatten, war es nur natürlich, dass sich in unserer Abendrunde das Gespräch um wenig anderes als um das Motiv für ein derart sinnloses, allem Anschein nach sinnloses Verbrechen drehte. Wir verfügten kaum über handfeste Informationen und konnten uns im Moment lediglich ausmalen, dass Herb einen Eindringling überrascht haben musste, denn ansonsten vermochte sich keiner einen Grund

für die Ermordung des wohl harmlosesten Menschen der Welt zusammenzureimen, eines Menschen, der so wenig über persönlichen Ehrgeiz wie über persönlichen Besitz verfügte, der keine Feinde hatte und, soweit bekannt, auch keine nahen Verwandten und dessen Sexualleben ein Buch mit sieben Siegeln war – sofern es überhaupt eines gab, was die meisten von uns schon immer bezweifelt hatten. Kurz und gut, Herb hatte nie irgendeinem Geschöpf Leid angetan, und es überstieg unsere Vorstellungskraft, wie irgendein Geschöpf ihm hatte Leid antun können.
Doch einen Eindringling schien es nicht gegeben zu haben. Zwar kam man nur schwer an die genauen Tatumstände heran, doch im Lauf der folgenden Woche verbreitete sich unter den Lehrkräften das Gerücht, dass in Herbs Haus nichts gestohlen worden sei und nichts auf einen Kampf zwischen Herb und dem Angreifer hindeute. Tatsächlich war (von seinem gekrümmten Körper einmal abgesehen) das einzige unstimmige Element in einem Tableau unheimlicher Stille und Normalität anscheinend ein Portweinflecken auf dem Teppich, den die arme Sekretärin, welche Herb entdeckte, ebenfalls für Blut hielt. Offensichtlich hatte Herb keinen Grund gehabt, seinem Mörder nicht die Haustür zu öffnen oder ihn nicht hereinzubitten; und als Dank für seine zuvorkommende Haltung wurde ihm der Schädel eingeschlagen, als er gerade im Begriff war, zwei Gläser des alten englischen Portweins einzuschenken, den er als entschiedener Anglophiler seinen Besuchern stets, und nicht

ganz ohne Selbstgefälligkeit, kredenzte. Es ging auch das Gerücht, dass er von vorne niedergeschlagen worden sei und somit habe erkennen müssen, was mit ihm geschah. Man erfuhr auch, dass er ein Toupet getragen hatte, und zeigte sich erstaunt, dass ein solches Geheimnis so gut und so lange hatte gehütet werden können.

Ich muss gestehen, dass es genau dieses Detail war, das mich nicht mehr losließ – nein, natürlich nicht das Toupet, sondern die Vorstellung, dass Herb jener Person in dem Moment in die Augen blickte, als diese sich anschickte, ihn niederzustrecken, dass er vermutlich sogar die über seinem Kopf schwebende Shakespearebüste gesehen hatte. War sein Hirn, in der allerletzten Sekunde des Erkennens, den letzten Zügen bewussten Empfindens, noch in der Lage zu registrieren, dass jemand, zweifellos ein Freund, mindestens aber ein Bekannter, es gleich zu Brei schlagen würde? Der Gedanke an diesen Augenblick (der mich in seinem existentiellen Schrecken an Dostojewski erinnerte), in dem der arme alte Herb vielleicht noch immer Zeit hatte zu erfassen, dass er gleich ermordet würde, und ebenfalls Zeit zu erfassen, dass er sterben würde, ohne zu wissen, weshalb er ermordet wurde, dieser Gedanke war für mich fast noch schwerer zu ertragen als das Verbrechen selbst.

Astrid hatte sich, wie sie mir später erzählte, nicht in New Harbor aufgehalten, als es geschah. Offensichtlich machten aber auch sämtliche New Yorker

Boulevardzeitungen die Geschichte groß auf. In einem Land, in dem die Serienmörder Acht geben müssen, dass sie einander nicht ins Gehege kommen, weil sich so furchtbar viele von ihnen herumtreiben, ging vom Mord an einem älteren Universitätsdozenten in dessen eigener Bibliothek, von der typischerweise selbst in den seriöseren Blättern verkündeten «Tatsache», dass jener zu den Stützen der berühmten *Theorie* gehört habe (sic!), von der zusätzlichen Pikanterie einer ausgeleerten Karaffe Portweins und einer tödlichen Shakespearebüste – ging von all diesen Dingen ein Hauch fruchtiger Nostalgie à la Agatha Christie aus, wodurch offenbar der in jedem Reporter schlummernde Hobbyschnüffler zum Leben erweckt wurde. Und Astrid kam sogleich, wie ich es angesichts ihrer Vorliebe für das Genre nicht anders erwartet hatte, nach New Harbor zurückgeflitzt.

Eine Reihe von Mitteilungen auf meinem Anrufbeantworter, auf die ich nicht reagierte, setzte mich von ihrer Anwesenheit auf dem Campus in Kenntnis. Sie schien meinen Wink jedoch nicht verstehen zu wollen. Eines Abends, etwa vier oder fünf Tage nachdem Herbs Leiche gefunden worden war, klingelte es an meiner Tür, und da stand sie wie aus dem Ei gepellt, entschuldigte sich wortreich dafür, dass sie mich zu Hause störe, und versicherte nicht minder wortreich, sie sei nicht hier, um mir mit ungelegenen Nachfragen unsere Zusammenarbeit betreffend lästig zu fallen. Der Tod ihres alten Lehrers, so erklärte sie, habe sie bewegt und erschüttert, und sie wolle einfach gerne wissen, ob sich in der Zwischenzeit irgendein Hinweis in Bezug auf das Rätsel oder irgendein Schimmer seiner Lösung gezeigt habe, die sie nicht aus der Presse oder dem, was Ralph ihr hatte berichten können, erfahren habe. Sie steckte voller Ideen über den Vorfall – welche, soweit sie sie mir überhaupt anvertraute, wie schon ihre Dissertation viel Scharfsinn und wenig Kohärenz erkennen ließen –, und sie erhoffte sich nun offensichtlich, dass ich über Insiderinformationen verfügte, die man ihr vorenthielt, eine Illusion, die ich ihr schleunigst nahm. In Tat und Wahrheit plauderte sie eine Information aus, von der ich noch keine Kenntnis gehabt hatte – der Fall war nämlich einem Detektiv des FBI übergeben worden, welcher auch bereits den Campus unsicher machte.

In New Harbor trat schrittweise eine Art Waffenruhe ein, die man zwar nicht direkt als Normalität, aber immerhin als eine Art unbehaglicher Halbnormalität bezeichnen konnte; man hatte über die Identität von Herbs Mörder noch keine schlüssigen Hinweise ans Licht gebracht, und jedermann legte weiterhin eine unbestimmte, aber allgegenwärtige Fahrigkeit an den Tag; immer öfter erzählten mir Kollegen, die mit ihm bereits gesprochen hatten, von diesem Agenten, der offensichtlich Brophy hieß. Und schließlich fand er auch den Weg in mein Büro.

Ich war von den Leuten, die sich bereits mit ihm unterhalten hatten, darauf vorbereitet worden, dass ich keinen allzu bühnenreifen kriminalistischen Auftritt erwarten durfte. Und tatsächlich erwies sich Brophy als angenehmer, unscheinbarer Bursche in den frühen Vierzigern; er hatte einen rötlichen Teint und trug eine ziemlich altmodische, schwere Hornbrille. Der Haarschnitt war für seinen überdimensionierten Quadratschädel zu kurz und adrett und um die Ohren zu stark gestutzt ausgefallen. Er begrüßte mich mit so viel Respekt, wie ich es von einem Menschen seines Schlags nicht erwartet hätte, doch da er schon viele identische Besprechungen hinter sich hatte, geriet unser Gespräch so kurz wie eine grässlich danebengegangene Vorsprechprobe. Nach einer Eröffnungsrunde, in der ich betonte, dass ich in Herb sowohl einen Freund wie einen Berufskollegen gehabt hätte und dass unsere letzte längere Unterhaltung bereits ein paar Wochen zurückliege, lief das Ganze im Wesentlichen auf die Frage hinaus, ob ich mir einen Grund denken könne, weshalb jemand Herb habe ermorden wollen.

Ich erwiderte, dass ich in dieser Hinsicht völlig im Dunkeln tappe; zwar sei der intellektuell etwas provinzielle Herb nicht gerade New Harbors Vorzeigegelehrter gewesen und habe manchmal eine ziemlich lächerliche Figur abgegeben, doch sei wohl selten das Leben eines Menschen ein so offenes Buch gewesen wie seines, ohne Schatten auf dem Charakter und, soweit man wisse, ohne abstoßende dunkle Flecken in der Vergangenheit, also kurzum mit nichts und wieder nichts, was ihn hätte «einholen» können. Ganz persönlich, so sagte ich wahrheitsgetreu, hätte ich Herb sehr gern gehabt, wie wohl jeder, den ich kenne und der ihn gekannt habe.

Brophy quittierte meine konzise Kurzfassung von Herbs menschlichen Qualitäten mit einem geduldigen spartanischen Lächeln – ungefähr das Letzte, was ich erwartet hätte, sodass ich nicht an mich halten konnte und ihn fragte, was ihn denn dazu veranlasst habe.

Er lehnte sich selbstbewusst zurück. «Sehen Sie, Professor Sfax, die Sache ist doch einfach die: Sie sind der letzte von Herbert Gillingwaters Freunden, mit dem ich noch zu sprechen hatte» – an dieser Stelle zog er einen kleinen gelben Notizblock aus seiner Gesäßtasche, schwenkte ihn durch die Luft und erklärte beinahe verschämt: «Ich erledige diese Dinge in alphabetischer Reihenfolge, nicht in der Reihenfolge, na ja, Sie verstehen schon, des Ranges» – als hätte ich gekränkt sein können, dass ich für so unwesentlich erachtet wurde –, «und Sie haben mir nun genau, *haargenau*, das gesagt, was alle anderen auch schon gesagt haben. Herb Gillingwater war ein netter, freundlicher, unschuldiger Mann, ohne Geld zum Stehlen, ohne Frau zum Betrügen, ohne Leichen im Keller und ohne einen Feind auf der ganzen Welt.»

«Aber so ist es nun mal», antwortete ich ratlos. «Herb hatte tatsächlich keine Feinde. Alle mochten ihn.»

«Professor», sagte er, «jemand mochte ihn nicht. Jemand mochte den guten alten Herb *wirklich* nicht.»

Ich war erstaunt über diese hochgradig deplatzierte Frivolität und durchbohrte ihn mit meinem Blick, worauf er sich beeilte hinzuzufügen: «Sie müssen entschuldigen. Ich hätte nicht auf diese Art über einen

Freund von Ihnen sprechen dürfen, der gerade ermordet worden ist. Trotzdem muss ich feststellen, dass ich noch nie vor einer so undurchdringlichen Mauer gestanden bin wie in diesem Fall. Wäre ich paranoid, ich müsste annehmen, dass Sie alle sich gegen mich verschworen haben, damit ich mich im Glauben wiege, es habe nicht den geringsten Grund gegeben, Herbert Gillingwater aus dem Weg haben zu wollen. Und vielleicht», ergänzte er, «habe ich mir von Ihnen, Professor Sfax, etwas mehr Aufklärung erhofft …»
Ich erwiderte, dass ich ihm nicht ganz folgen könne. Er lächelte schüchtern. «Nun, ich wollte nur sagen, dass ich eigentlich so etwas wie ein Verehrer von Ihnen bin. Aber nein …» – fügte er rasch bei, wohl leider provoziert durch meine unwillkürlich hochgezogenen Augenbrauen – «… ich will nicht behaupten, dass ich alles verstehe, was Sie schreiben, höchstens einen Gedanken pro Seite, *allerhöchstens*, und doch finde ich, dass sich ihre Texte außerordentlich spannend lesen. Ganz besonders wegen des ungewöhnlichen Stils, den Sie pflegen. Und ich hatte nun wohl die Hoffnung», hier verfiel er in einen leicht spaßigen Tonfall, «dass Sie, der Vater der *Theorie* – nun, dass Sie vielleicht auch in dieser Angelegenheit die eine oder andere Theorie anzubieten hätten.»
«Ach, Mr. Brophy», murmelte ich, geschmeichelt lächelnd, «es gibt Theorien und Theorien. Und dann gibt es noch die *Theorie*.»
Lachend erwiderte er: «Würde es Ihnen etwas ausmachen …?» – und er zog aus seinem schmucken schwar-

zen Aktenkoffer ein Exemplar der *Teufelsspirale*, für die er mich um eine Widmung hat. Ich tat ihm den Gefallen und riss gleichzeitig ein abgeschmacktes Witzchen darüber, mit welcher Arglist er gerade zu einer Handschriftenprobe von mir gelangt sei; und mit dem Versprechen, ihn zu informieren, falls mir nachträglich noch etwas einfallen solle, was Licht ins Dunkel bringen könne, ging unser Gespräch zu Ende.

Herbs Begräbnis, das drei Tage später auf dem städtischen Friedhof stattfand, wurde auf seine Art zu einer richtig ergreifenden Zeremonie, an der viele Leute, selbst entfernte Kollegen aus der Fakultät, zugegen waren, wenn auch nicht jene verschleierte, geheimnisvolle und schwarz gekleidete Unbekannte, auf deren Kommen manche von Herbs ehemaligen Kollegen gut gelaunt und reichlich geschmacklos bereits Wetten abgeschlossen hatten. Soweit ich sehen konnte, befanden sich unter den Trauergästen sowieso keine unbekannten Gesichter. Brophy war auch da; er hielt etwas Abstand zu den Universitätsleuten. Und auch Astrid erblickte ich, die todschick und feierlich aussah. Wir beide wechselten, als alles vorbei war, ein paar Worte und kamen überein, uns in zwei Tagen für ein längeres Gespräch zu treffen.

Unser Treffen fand bei mir zu Hause statt, und ich unterhielt mich mit ihr in erster Linie und ganz ruhigen Gewissens über meine Kindheit, schien mir dies doch für die biographische Extrapolation ein ziemlich sicherer Boden. Ausschmückend erzählte ich von meiner Familie, und insbesondere davon, wie mein törichter Großvater zur Zeit des Dreyfusprozesses die Klingen mit Zola gekreuzt hatte – von Dingen also, über die sie bereits durch meine schriftliche Chronik informiert war. Und wenn das Gespräch mehr als einmal vom Thema abkam, war ich es, der es wieder ins rechte Geleise brachte – denn immer wieder fing die aufgewühlte Astrid an, laut über Herbs Tod nachzudenken. Sie habe sich, so erzählte sie, schon häufig gefragt, ob solche äußerlich unmotivierten und «perfekten», unter der Oberfläche aber zweifellos von dunklen Trieben verursachten Verbrechen überhaupt je außerhalb der Kriminalliteratur begangen worden seien, nach der sie so süchtig war – ich wurde den Eindruck nicht los, dass sie vor Freude an die Decke gesprungen wäre, dass sie sich in ihrem eigenen makabren siebten Himmel gefühlt hätte, wäre der arme alte Gillingwater tot in einem hermetisch verschlossenen und fensterlosen Raum gefunden worden!

Als ich mich nach Ralph erkundigte, gestand sie mir auch, und ohne einen Anflug von Koketterie, dass er sich mit ihr ganz fürchterlich gezankt habe, weil sie mich einfach so zu Hause aufsuchen wollte, und sie räumte auch ein, dass sie, was immer ich davon halten mochte, schon während ihrer Zeit auf dem Campus halb in mich verliebt gewesen und mir, wie bereits vermutet, auf Schritt und Tritt gefolgt sei. Zu meinem Erstaunen mochte ich sie immer besser, mochte die beherzte, ungeschützte Art, mit der sie ihr doch potentiell delikates Geständnis ablegte, mochte, dass sie ihre kokette körperliche Verstellung größtenteils abgelegt hatte und nun mit mir sprach oder einfach um mich war, ohne dass ich das Gefühl hätte haben müssen, sie erwarte von mir entweder eine geheuchelte Gleichheit des Rangs oder die dem «Groupie» zustehende Gunstbezeigung. Ich begann mir sogar vorzustellen, dass mein Problem mit ihr und mit ihrer verwünschten Biographie dadurch gelöst werden könne, dass wir uns noch viel näher kennen lernten.

Doch bloß eine Woche später wurde dieser Spekulation und allen ähnlichen ein vorzeitiges Ende bereitet. Eines Mittags saß ich bei mir zu Hause im Arbeitszimmer, als sie mich anrief. Anstelle der selbstsicheren und etwas hitzigen Astrid, die ich kannte, lag nun etwas Gereiztes und Hingehauchtes in ihrer Stimme, so als hielte sie die Hand schützend vor den Hörer. Doch sie war, wie sie betonte, ganz alleine in der Wohnung, welche sie mit Ralph teilte, und im Hintergrund war das schwache, silberhelle Geklingel einer Cembaloaufnahme zu vernehmen. Diese Wohnung lag lediglich zwei Häuserblocks vom «Wannabe» entfernt, einem hiesigen Studentencafé, in das sie mich nun sofort beordern wollte – denn auch von meinem Haus waren es zu Fuß bloß zehn Minuten dorthin.

Ich konnte nun aber nicht sofort und ließ sie dies auch wissen; und als ich nachfragte, ob ihr Problem denn wirklich so überaus dringlich sei, um mich von meiner in der Tat dringlichen Arbeit abzuhalten, gab sie zur Antwort, sie sei auf einen entscheidenden, einen wirklich *unglaublich* bedeutenden Hinweis im Mordfall gestoßen. Ihr sei nämlich die ganze Woche eine Bemerkung nachgegangen, die ich bei unserem letzten Treffen über Herb fallen gelassen hätte – welche es war, wollte sie mir am Telefon nicht verraten. Schließlich habe es diesen Morgen «Klick» gemacht (um ihren Ausdruck zu gebrauchen), und sie wolle sich nun nochmals bei mir rückversichern, bevor sie damit triumphierend zu Brophy renne. Mich mutete dies alles als kindisches und melodramatisches Gefasel an, und ich war erstaunt, wie schnell und gründlich sich derartige Grillen in ihrem Kopf festsetzten; doch sie blieb hart, und so kam ich mit ihr überein, dass wir uns in einer Stunde im «Wannabe» treffen würden.

Obwohl ich selbst fast zehn Minuten Verspätung hatte, war zu meiner großen Überraschung und Verärgerung von Astrid noch nichts zu sehen. Das Café war überfüllt. Der Zufall wollte es jedoch, dass genau in diesem Moment eine der Nischen frei wurde. Der kollektiven Prüfung einer verdutzten und verstummten Kundschaft ausgesetzt, die mich noch nie im «Wannabe» erblickt hatte und anscheinend das Schauspiel als schlichtweg überwältigend empfand, und in der Überzeugung, dass kein Student gewillt oder geneigt wäre, sich zum Vater der *Theorie* zu setzen, nahm ich die Nische umgehend in Beschlag und bestellte mir eine heiße Schokolade.

An der gegenüberliegenden Wand war eine Tafel angebracht, auf der mit Kreide die Speisekarte des «Wannabe» stand; unmittelbar darüber hing eine Mickey-Mouse-Uhr mit riesig-rundem Zifferblatt, zu der ich von meiner Schokolade bloß hochschauen musste, um mich Minute für Minute zu vergewissern, wie locker es Astrid mit der Pünktlichkeit hielt, umso mehr, wenn man bedachte, welche Dringlichkeit sie unserem Treffen beigemessen hatte.

Zehn Minuten verstrichen. Allmählich fragte ich mich, ob sie selber möglicherweise pünktlich erschienen und bereits vor meinem Eintreffen wieder gegangen war, im gleichen gereizten Zustand wie ich jetzt. Es war nicht allzu wahrscheinlich. Noch wenige Wochen zuvor war ihr Verhalten mir gegenüber geprägt gewesen von schamvollem Erröten und leicht aus der Fassung zu bringendem Respekt, und ich vermochte mir einfach nicht vorzustellen, dass ihr neuer und unbefangener Umgang bereits eine Stufe erreicht hatte, wo sie sich meiner derart sicher fühlte. Doch es vergingen erneut zehn Minuten: Sie hatte nun eine halbe Stunde Verspätung, und ich wusste wirklich nicht, wie lange ich weiter vor meiner leeren Schokoladetasse sitzen konnte. Wüsste ich doch nur ihre Telefonnummer, so sagte ich mir, dann könnte ich sie anrufen – doch plötzlich fiel mir ein, dass ich immerhin ihre Adresse kannte, dass sie ja ganz in der Nähe wohnte und ich auf dem Nachhauseweg bei ihr vorbeischauen konnte.

Ich bezahlte und verließ das «Wannabe», im vollen Bewusstsein, mich erneut ins Kreuzfeuer der Glotzaugen zu begeben, die um nichts klüger in die Welt guckten als bei meinem Eintreffen. Kaum draußen, stieß ich mit Ralph MacMahon zusammen, der sich, ein

Fahrrad neben sich herschiebend, auf dem Nachhauseweg befand. Er grüßte mich nicht eigentlich, sondern nahm lediglich kühl von meiner Existenz Kenntnis, und das Eis wollte umso weniger brechen, als ich ihm eröffnete, wohin ich unterwegs sei. Glücklicherweise lag die Wohnung direkt auf der anderen Straßenseite, sodass wir weder Zeit noch Anlass für Geplauder hatten.
Astrid und er lebten im Parterre eines einstöckigen Backsteinhauses. Ralph stellte sein Fahrrad im Flur ab und betrat die Wohnung; die Tür ließ er hinter sich lässig halb offen stehen, auf dass ich ihm nachfolgte. Im engen Korridor ließ er mit dem abgestumpften Gähnen einer Stripteasetänzerin seine üppig wattierte Windjacke von den Footballerschultern zu Boden gleiten und rief nach Astrid. Keine Antwort. Ich blieb einen Moment lang unschlüssig stehen, derweil er in die Küche schritt, eine Bierdose aus dem Eisfach nahm, sie aufriss und schwelgerisch einen langen, tiefen Schluck tat. Dann marschierte er breitbeinig, fast so, als torkle er mit voller Absicht gegen die Möbel, in ein Zimmer hinein (eine chaotische Kombination von Wohnzimmer und Studio, wie ich bereits vorher durch die halb offene Tür erkannt hatte) und blieb plötzlich sprachlos stehen. Ich ging ebenfalls hinein. Am anderen Ende des Zimmers stand längs der Wand ein Sofa, das mit einem schmutzigen, farbverschmierten Abdecktuch verhüllt war; Astrid musste seitlich auf einer der Armlehnen gesessen haben, wie so oft marionettenartig mit den Beinen baumelnd, als sie der Schlag

traf. Ihr Körper – sie trug eine Art Arbeitskittel oder auch Schürze, volkstümlich bestickt und bis zu den Knöcheln reichend – lag bizarr übers Sofa gestreckt, die an die Rückenlehne gestützten Beine durchsichelten, wie eine offene Schere, unzüchtig die Luft. Das Gesicht war, wiewohl vom Todeskrampf furchtbar gezeichnet, vollkommen unbefleckt; nur unter dem Ansatz ihrer langen und sich bis auf den Teppich rankenden Haare war in ihrem Schädel ein Sprung zu sehen, der an die eingeschlagene Spitze eines gekochten Eis denken ließ. Unmittelbar neben ihrem Kopf, so als flüstere er ihr ins Ohr, lag ein zweiter Kopf, eine Terrakottabüste; und obwohl deren Nase durch den Aufprall weggebrochen war und Astrid nicht mehr bildhauerisches Talent hatte als eine gute Amateurin, stand außer Frage, dass dieser zweite Kopf kein anderer war als der meine.

Es sickerte durch, dass sie meinen Kopf ohne Vorlage modelliert hatte, allenfalls unter Zuhilfenahme der Fotografie auf der Umschlagklappe der *Teufelsspirale*, von der ein Exemplar auf dem Kaminsims stand, wo man sonst eher einen Kerzenhalter oder irgendein gerahmtes Porträt erwartet hätte. Dies und vieles mehr erfuhr ich von Brophy. Er hatte Ralph verhört, und jener hatte recht unverblümt die Spannungen zugegeben, die in jüngerer Zeit zwischen ihm und Astrid wegen ihrer immer enger werdenden Beziehung zu mir aufgetreten waren. Und sie schien Ralph ebenfalls erzählt zu haben, und zwar genauso zappelig und unbestimmt wie mir, dass sie auf einen Hinweis betreffend Herbs Tod gestoßen sei – doch leider, leider förderten weder mein angestrengtes Nachdenken noch Brophys Durchsuchung von Astrids Wohnung auch nur die Spur eines solchen Hinweises zutage.

Es war mehr als offensichtlich, dass Astrid «hinter einer Sache her» gewesen war, dass sie durchaus «den richtigen Riecher» gehabt hatte und aus diesem Grund ebenfalls ermordet worden war. Ich fühlte mich schuldig, als mir bewusst wurde, dass ihr Leben hätte gerettet werden können, wenn ich eingewilligt hätte, mich sofort im «Wannabe» mit ihr zu treffen, wie sie es vorgeschlagen hatte, anstatt sie diese fatale Stunde hinzuhalten. Da Ralph – der behauptete, den ganzen Nachmittag auf dem Footballfeld trainiert zu haben, wo er anscheinend auch gesehen worden war – über so etwas wie ein Alibi verfügte, wurde Brophy jetzt von einer ganz bestimmten Frage umgetrieben: Wann hatte Astrid ihr Geheimnis einer dritten Partei preisgegeben, der interessiertesten Partei von allen, nämlich Herbs Mörder?

Man kann sich leicht denken, dass dieses zweite Verbrechen, zumal es dem ersten auf dem Fuß folgte, die Aufregung, die schon sein Vorgänger ausgelöst hatte, von neuem entfachte, ja in den Schatten stellte. Die Boulevardpresse weidete sich regelrecht an einem derart perversen und extravaganten Serienmörder, welchen sie sogleich auf den Namen «Büstenmann» taufte, derweil selbst die seriösen Blätter kaum an sich halten konnten und sich in lyrische Höhen schwangen. «Die Gräber der Akademie», so lautete, wenn ich mich recht entsinne, eine unsägliche Schlagzeile, die uns an den Zeitungskiosken lüstern ins Auge sprang. «Vom Blut durchtränkt wie ehedem von der Tradition, so geht heute in den schattigen Alleen und efeubewachsenen Bauten des schönen New Harbor die Angst um ...» – mit derlei Unfug hatten wir uns herumzuschlagen. Die Angelegenheit zeitigte allerdings auch einen beinahe komischen Nebeneffekt, denn die wenigen Einheimischen, die sich zufällig im Besitz jener Sorte Büste befanden, wie sie der Mörder schon zweimal verwendet hatte, und die deshalb glaubten, seinen verrückten künstlerischen Aggressionen in besonderem Maße ausgeliefert zu sein, verstauten die Büsten eilig im Keller oder trennten sich glücklich und zu Schleuderpreisen von ihnen.

Bedauerlicherweise blieb auch mein eigenes Leben mitnichten verschont, denn mein Ruf und Ruhm wurden in einer Art und zu einem Zeitpunkt neu belebt, wie ich es mir zuallerletzt gewünscht hätte. Nichts an Brophys lockeren und lässigen Gesprächen mit mir hatte mich auf die Boshaftigkeit der Befragungen vorbereiten können, die ich seitens von Journalisten zu erdulden hatte, welche, vom Ruf und Ruhm einmal abgesehen, offenkundig wenig über mich wussten und für die ich bloß ein hundskommuner und in einen handfesten Skandal verwickelter Prominenter war. Noch schlimmer jedoch waren jene, die sich tatsächlich in die Materie eingearbeitet hatten. An meiner eigenen Haustür trug mir ein vorwitziger junger Mann

von der *Village Voice* meinen Satz vor, dass der Tod ein verdrängter Name für ein sprachliches Dilemma sei, und er erkundigte sich in sarkastisch-nüchternem Tonfall, ob ich, der *Theoretiker*, eine Theorie hätte, wer für diese beiden in New Harbor eingetretenen bedauerlichen sprachlichen Dilemmata verantwortlich sein könne. Der Dekan, welcher mit Besorgnis sah, wie hart man mir zusetzte, schlug mir schließlich vor, zwei Wochen Urlaub zu nehmen, bis sich der Sturm gelegt haben würde, und er bot mir sogar sein eigenes Häuschen an, welches er und seine Frau auf Cape Cod besaßen – zwei Geschenke, die ich dankbar annahm. Ich packte das Nötigste und reiste schon am nächsten Tag ab.
Meine freien Tage in Truro verbrachte ich mutterseelenalleine; ich wanderte unter klarem, hohem Himmel und las, was mich in der bescheidenen Bibliothek des Dekans gerade ansprach; vor allem aber dachte ich nach, dachte nach über das Geschehene, über Astrids Tod und darüber, was er für mich bedeutete. Natürlich war dieser Tod, das konnte ich mir nicht verhehlen, beinahe eine göttliche Fügung, und diese Empfindung hatte auch tatsächlich, ob ich wollte oder nicht, während des ganzen Martyriums alles andere verdrängt. Astrid würde nun nicht meine Biographie schreiben und auch nicht nach Paris reisen, um in meiner Vergangenheit herumzuschnüffeln, und es mochten viele Jahre vergehen, bis ein anderer auf die gleiche brillante Idee kommen würde. Ich konnte nicht so tun, als bedeute dies für mich nicht eine ge-

waltige Erleichterung, als sei ich nicht einer Bürde ledig und könne endlich wieder frei atmen. Andererseits würde mich das Bild ihres Körpers ewig verfolgen – übers Sofa gespreizt (wie auf einem reißerischen Buchumschlag), der Kopf fast am Boden, die Glieder völlig verdreht. Es holte mich ein, ich mochte ihm noch so zu entfliehen versuchen: am einsamen, menschenleeren Strand, im Kino oder auf den Seiten eines Buches. Und ich wusste, dass dieser Preis weit schrecklicher war als alles, was ich je freiwillig für meine eigene Sicherheit hätte bezahlen mögen.

Schließlich blieb ich nicht die vollen zwei Wochen in Truro, sondern reiste bereits nach zehn Tagen zurück nach New Harbor, erfrischt, beruhigt, ja sogar leicht gelangweilt, jedenfalls vortrefflich gerüstet für den alten, unvermeidlichen Trott aus Sitzungen und Vorlesungen und Seminaren.
Ich glaubte, den ersten Tag der Beantwortung meiner Post widmen zu müssen, die sich in meiner Abwesenheit angesammelt hatte, und ich wollte auch Brophy anrufen und mich bei ihm erkundigen, ob sich etwas Neues und für mich Wissenswertes ergeben hatte – denn falls die Regionalblättchen in Truro diese Geschichte überhaupt je gebracht hatten, war ihr Interesse bei meiner Ankunft dort anscheinend bereits erloschen. Doch Brophy hatte mir nichts Neues zu berichten. Ohne Astrids Hinweis – ich konnte mich natürlich noch immer nicht daran erinnern, ihr einen solchen gegeben zu haben – steckte seine Untersu-

chung in der Sackgasse. Ihm war schlicht und einfach keiner geblieben, den er hätte befragen können.

Am Vormittag hatte ich das Postbündel abgeholt und mit nach Hause genommen, doch am späten Nachmittag kehrte ich noch einmal ins Büro zurück, um ein paar Papiere einzupacken, die ich für mein neues Projekt benötigte und nach dem Abendessen durchzulesen gedachte. Jemand hatte allerdings in meiner Abwesenheit aufgeräumt, sodass ich weit mehr Zeit als vorgesehen benötigte, um das Gesuchte zu orten, und als es sieben war – ich hörte den Stundenschlag vom Turm der Ruggles Library –, wühlte ich noch immer in den Papieren. Da es mir fürs Erste reichte, beschloss ich aufzubrechen. Gerade als ich die ausgegrabenen Dokumente in die kleine Reisetasche stopfen wollte, die ich vor so vielen Jahren aus Paris mitgebracht hatte und die mir als Aktentasche diente, ließ mich das Hallen einzelner Schritte im Korridor direkt vor meinem Büro für einen Moment stocken. Eigentlich war ich davon ausgegangen, dass bereits alle heimgegangen waren – meine Nerven schienen noch immer von der Aura allgegenwärtiger Unruhe angespannt zu sein, die ich zehn Tage zuvor in New Harbor zurückgelassen hatte.

Jäh verstummten die Schritte, und es trat Stille ein, dann wurde an meine Tür geklopft, und an der Milchglasscheibe ragte ein hoher Schatten auf. Noch bevor ich auch nur «Herein» sagen konnte, betrat Ralph MacMahon den Raum.

Seit jenem Nachmittag, an dem wir zusammen Astrid

gefunden hatten, waren wir uns nie mehr begegnet. Er schien bleicher und schmaler zu sein als sonst, schmaler jedenfalls im Gesicht, denn sein Körper steckte noch tief und unentzifferbar in der Michelinmann-Windjacke. Etwa zehn Sekunden lang standen wir uns so gegenüber, ich erwartungsvoll und leicht verwirrt, er absolut unergründlich. Schließlich sagte er, als hätten wir die üblichen Förmlichkeiten bereits abgelegt: «Sie sind fort gewesen.»
Da mir nichts anderes einfiel, antwortete ich lediglich: «Ja. Ich habe mir freigenommen. Das alles war wohl leider etwas zu viel für mich.»
Ralph murmelte irgendetwas in sich hinein, das ich nicht verstehen konnte, und erkundigte sich dann, ob ich etwas dagegen hätte, wenn er Platz nehme. Ich hatte nichts dagegen, und er setzte sich. Dies diente als Vorwand für das nächste lang gezogene Schweigen, in dem ich, derweil in mir eine bestimmte unangenehme Erinnerung langsam hochkroch, gewahrte, dass Ralph fest entschlossen schien, seine schwarzen Lederhandschuhe anzubehalten.
Schließlich rang ich mich dazu durch, meine Position geltend zu machen. Ich erklärte ihm, dass ich gerade hätte aufbrechen wollen, und forderte ihn, leider wohl ziemlich barsch, auf, doch endlich zur Sache zu kommen, die ihn unangemeldet zu mir geführt habe. Er zeigte sich von diesem Wechsel in Tonfall und Taktik nicht überrascht und starrte mich noch weitere sechs oder sieben Sekunden an.
«Wissen Sie was, Professor Sfax», meinte er schließlich,

«man hat noch immer keinen Hinweis zum Mord gefunden – zu keinem von beiden.»
Da ich gerade mit Brophy telefoniert hatte, wusste ich davon und teilte dies Ralph auch mit.
Er nahm es seelenruhig zur Kenntnis. «Aha. Aber ich glaube, *ich* habe etwas», sagte er. «Schauen Sie, auch ich habe mir so meine Gedanken gemacht über die Morde an Astrid und Gillie.»
«Gillie?», fragte ich nach, obwohl ich genau wusste, wen er meinte. Nicht nur unter den Studenten war dies Gillingwaters Spitzname gewesen.
«Gillingwater. Ich habe über alle beide nachgedacht, Sie wissen schon?» (Bereits in den Vorlesungen hatte ich bemerkt, dass auch Ralph der komischen amerikanischen Marotte verfallen war, Feststellungen in Fragen umzuwandeln.) «Einer nach dem andern. Peng peng – einfach so.»
Pedantisch wies ich ihn darauf hin, dass keiner der beiden erschossen worden sei, doch im selben Augenblick wurde mir die Idiotie meiner Bemerkung bewusst. Denn schließlich waren Ralph und ich, so sagte ich mir, durch die unvergessliche Entdeckung von Astrids Leiche gewissermaßen zusammengeschweißt und -gekettet worden; möglicherweise schuldete ich ihm einfach diese letzte Caprice.
«Und haben Sie eine Theorie?», fragte ich.
«Na, und ob ich eine Theorie habe!», erwiderte er und wirkte plötzlich lebhafter als bis anhin. «Ihre Theorie.»
«Meine?»
«Die *Theorie.*»

«Ach so», entgegnete ich matt, ja beinahe seufzend.
«Und was ist mit ihr?»
«Mir ist plötzlich eingefallen, wie man sie auf die beiden Morde anwenden könnte.»
«Hören Sie, Ralph», sagte ich, «es ist schon nach sieben, und ich bin müde. Gestern Nacht bin ich erst sehr spät nach Hause gekommen. Könnten wir ...»
«Nein», antwortete er resolut. «Lassen Sie mich ausreden, es ist wichtig.»
Einigermaßen perplex wartete ich möglichst gelassen darauf, dass er weitersprecher, aber bevor es soweit war, trat wieder eine Pause ein.
«Sie stimmen mir doch bei», hob er erneut an, «dass Astrids Tod keine Rätsel aufgibt. Sie wurde ermordet, weil sie einen Hinweis entdeckte, der den Mord an Gillingwater erklärte, korrekt?»
«Ich denke schon – korrekt.»
«Bei Gillingwater stellte sich nun aber das Problem, dass es überhaupt keinen Grund gab, *ihn* umzubringen. Selbst seine Studenten könnten wohl bezeugen, dass da nichts war, wofür man einen Mord begehen würde.»
«Ja, das stimmt.»
«Nun gut. Worüber ich anfing, mir Gedanken zu machen, war diese so genannte Metaphysik der Präsenz, Sie wissen schon? Die Vorstellung, dass dort, wo wir alle immer eine Präsenz vermuteten, in Wirklichkeit eine Absenz war?»
« Rein theoretisch – ja.»
«Und plötzlich ging mir auf, dass womöglich die *Ab-*

senz eines Motivs für den Mord an Gillingwater im Grunde die *Präsenz* eines Motivs war.»

«Ich fürchte, ich kann Ihnen nicht ganz folgen», sagte ich, obwohl mir etwas eingefallen war, was mir das Sprechen im Moment ziemlich erschwerte. Ralph blickte mich unbarmherzig an. «Jeder sagte doch damals das Gleiche: Es habe nicht den geringsten Grund gegeben, Gillingwater umzubringen. Was aber, wenn er ermordet wurde, *weil* es keinen Grund gab, ihn zu ermorden? Wenn die Absenz eines Motivs das eigentliche Motiv war?»

Da ich hierauf keine Antwort wusste, ließ ich ihn weiterfahren.

«Nun gut, wo ich schon einmal soweit war, fiel mir ein weiteres Element der *Theorie* ein – Sie wissen schon, das Entweder/Oder, die Umkehrung der binären Opposition, das, was zwar an erster Stelle kommt, aber eigentlich gar nicht dort kommen sollte, und was der wirklich entscheidende Faktor ist, na ja, all das?»

«Ich muss gestehen, dass ich es in dieser kleinen Skizze kaum wieder erkenne, aber fahren Sie fort.»

«Wir hatten es hier also mit zwei Morden zu tun, zwei aufeinander folgenden Morden, einer nach dem andern, in der Art, wie ein Satz dem andern folgt. Als Erster wird Gillingwater ermordet, wir wissen noch immer nicht warum, und als Zweite wird Astrid ermordet – und warum? Weil sie herausfand, warum Gillingwater ermordet wurde. Doch da wir nicht wissen, was sie genau herausfand, ist das Ergebnis ein Teufelskreis, korrekt?»

«Korrekt.»

«Und so dachte ich mir anschließend: Wie wäre es, wenn man die Reihenfolge umkehrte? Wenn in Wirklichkeit der Mord an Astrid der *erste* war?»

«Was zum Teufel wollen Sie damit sagen, der erste Mord? Wir beide, Sie und ich, haben Astrids Leiche mehr als eine Woche nach dem Mord an Gillingwater gefunden. Herrgott nochmal, der Ärmste lag doch bereits unter der Erde!»

«Sie erstaunen mich, Professor», antwortete er mit einem unvermuteten, unerwartet listigen und hämischen Lächeln. «Ich hätte nicht geglaubt, dass ausgerechnet Sie alles so wörtlich nehmen würden.»

Ich starrte ihn an, wie er, ohne die Handschuhe auszuziehen, aus der Tasche seiner Jeans eine zerknautschte Packung Zigaretten holte und sich eine davon am schweren Onyxfeuerzeug auf meinem Schreibtisch anzündete.

«Stellen wir doch einmal eine Hypothese auf», fuhr er fort und blies mir dreist einen feinen Rauchstrahl knapp über den Kopf. «Irgendjemand wünscht sich mit gutem Grund Astrid Hunneker aus dem Weg. Doch ihm ist klar, dass die Bullen, sollte er Astrid tatsächlich ermorden, als Erstes nach einem Motiv suchen werden – und ein solches hat er offenbar. Also muss er dafür sorgen, dass es aussieht, als könne es *ein zweites* Motiv gegeben haben, sie umzubringen. Und da er Astrid allem Anschein nach kennt und folglich auch ihre Passion für Kriminalgeschichten kennen muss, beschließt er, noch einen Mord zu begehen, einen *zweiten* Mord an erster Stelle, einen vorsätzlich motivlosen Mord, ein unmögliches, perfektes Verbrechen. Dann, als sie nach dem Köder schnappt, wie er es sich vorgestellt hat, hält er ihr einen unechten, erfundenen Hinweis vor die Nase, den Hinweis, der das *neue* Motiv liefert – und er bringt sie um.»

Ich blickte ihm in der seinen Ausführungen folgenden Stille in die Augen, doch diese hielten meinem forschenden Blick stand, blieben so gleichmütig und kraftlos wie die Augen eines Blinden, und wie das leere Starren eines Blinden gaben sie mir gewissermaßen das Gefühl, Luft zu sein.

«Das ist allerdings eine Theorie, Ralph», räumte ich schließlich ein, «und wenn man so will, ist sie um einiges genialer und eleganter als die *Theorie*. Mich würde aber interessieren, wohin sie Sie geführt hat.»

«Direkt zu Ihnen», sagte er und fügte spöttisch hinzu: «unangemeldet.»

«Zu mir?»

«Professor, so wie ich die Sache sehe, gab es genau zwei Personen, die überhaupt ein Motiv besaßen, Astrid umzubringen – und ich weiß bestimmt, dass ich sie nicht umgebracht habe.»

Nun war ich es, der vor dem Sprechen eine Pause einlegte. «Ihre Unschuld – sollten Sie denn wirklich unschuldig sein – stellt wohl kaum einen Beweis meiner Schuld dar.»

Ralph schien mich wie vor dem Fangschuss abzuschätzen, er grinste mich so einladend, so aufmunternd an, als vertraue er darauf, dass mir mein Irrtum bewusst werde, ohne dass er ihn mir unter die Nase reiben müsse, und er grinste so, wie Tito jeweils gegrinst hatte, bevor er meinen König matt setzte.

«Professor, schon als ich zehn war, wusste ich, wie man in einen Computer eindringt, und Ihr Mac war ein Kinderspiel. Sie hätten das Beweisstück wirklich löschen sollen, bevor Sie wegfuhren, Sie wissen schon?»

Weil? Weil?

Schließlich gewann ich meine Fassung so weit wieder, dass ich ihn fragen konnte, was er mit seiner Theorie anzufangen gedenke, und ich warf einen Blick zum Computer hinüber, der auf dem Tisch vor dem Bürofenster stand. «Wollen Sie zu Brophy gehen? Mit dem da? Argwohn wird es erregen, so viel steht fest, und es ist auch belastend genug, um mich für immer zu ruinieren, aber es ist kein Beweis dafür, dass ich Astrid umgebracht habe.»

Er drückte die noch rauchende Spitze seiner Zigarette zwischen behandschuhtem Daumen und Zeigefinger aus und legte, wie mir nicht entging, den Stummel nicht etwa in den Glasaschenbecher auf dem Schreibtisch, sondern in die eigene Tasche.

«Ach, Professor Sfax», sagte er, «Sie haben mich ja schon wieder missverstanden. Ich habe überhaupt nicht die Absicht, Sie zu verpfeifen. Nein, nein, genau an dieser Stelle soll ein weiteres Element der *Theorie* zur Anwendung kommen.»

«Ein weiteres Element? Was für eines denn?»

«Der Tod des Autors.»

Er öffnete den Reißverschluss einer tiefen Tasche sei-

ner Windjacke und holte eine kleine, glänzende automatische Pistole heraus, die er um die behandschuhten Finger kreisen ließ, während er weitersprach. «Das ist eine so genannte Saturday Night Special – die kann man im Laden kaufen wie eine Packung Kondome. Sie hätten ebenso unkompliziert eine erstehen können wie ich.»
«Ach, wenn Sie glauben, Sie können mich umbringen ...», hob ich an.
«Aber weshalb sollte ich Sie denn umbringen, wo Sie sich doch gleich selber umbringen werden? Ihnen liegt schließlich so vieles auf dem Gewissen. Und da es einfach nicht recht wäre, wenn Sie sterben würden, ohne die Dinge ins Lot zu bringen, ohne vorher Ihre Verbrechen zu beichten, schreiben Sie jetzt einen rührenden kleinen Abschiedsbrief, in dem Sie erklären, dass Ihnen angesichts aller Untaten das Weiterleben nicht möglich sei.»
«Das ist ein grotesker Vorschlag. Ich werde überhaupt nichts schreiben, und zwingen können Sie mich auch nicht.»
«Das versuche ich auch gar nicht», antwortete er in unangenehmem Ton.
Noch immer die Pistole haltend, die er in der Zwischenzeit unauffällig von der rechten in die linke Hand gewechselt hatte und mit der er nun, wie ich feststellte, direkt auf mich zeigte, neigte er seinen Stuhl dem Computer zu und schaltete diesen ein.
«Hier», sagte er, «auf Ihrem Apple Mac, hier wird Ihr Abschiedsbrief – oder besser gesagt Hermes' Ab-

schiedsbrief – gleich geschrieben werden. Er wird ein hübsches Postskriptum zu all Ihren faszinierenden Geständnissen abgeben. Und weil die Handschrift kein Thema sein wird, werde ich ihn, wenn Sie erlauben, für Sie abfassen – posthum.» Er wandte sich mir zu und zielte mit der Pistole nun unmissverständlich in meine Richtung. «Wie heißt es doch gleich? ‹Ein Appel am Tag / erspart Doktor und Plag.› Sagen Sie ‹Aaah›, Professor.»

Ich starrte ihn an. «Was soll das debile Spielchen?» Mit gestrecktem Arm hielt er mir die Kanone zwischen die Augen. «Sagen Sie ‹Aaah›», wiederholte er, «genau wie beim Onkel Doktor.»

Ich zwängte meinen Mund auf. Mit einer Energie, die ich ihm aufgrund seines normalerweise schwerfälligen Gangs nicht zugetraut hätte, sprang er vom Stuhl hoch, lehnte sich über meinen Schreibtisch und schob mir den Pistolenlauf in den Rachen. So nahe kam er mir mit seinem Gesicht, dass ich das perlweiße Pfefferminzaroma seiner Zahnpasta riechen konnte. Dann drückte er ab.

Ralph wurde nur wenige Tage nach meinem Tod in Haft genommen. Tatsächlich hatte er eine erklärende Darstellung der ganzen schmutzigen Affäre in meinen Computer getippt, in der er mir auch drei oder vier markige Abschnitte des Bedauerns und der Sühne unterschob. Dies bewerkstelligte er langsam und schleppend und ohne die Handschuhe auszuziehen, die er selbstverständlich auch noch trug, als er die Pistole in meine schlaffe rechte Hand legte. Er hinterließ keine Fingerabdrücke, und niemand hatte ihn kommen oder gehen sehen.

Doch wie jeder Mörder, so erzählen es uns jedenfalls alle großen Detektive der Literatur, beging er einen fatalen Fehler. Und der hatte nun ausgerechnet mit meinem Stil zu tun. Ralph erwies sich nämlich als derart unfähiger Nachahmer meines, wenn ich so sagen darf, pseudo-James'schen Embonpoint, dass selbst für einen so linkischen und unbelesenen Verehrer dieses Stils wie Brophy die «Nahtstelle» auf Anhieb zu erkennen war. Brophy war ganz zu Recht der Meinung, dass ich, selbst wenn ich tatsächlich mit meinem Latein am Ende gewesen wäre, selbst wenn ich wirklich im Begriff gestanden hätte, mich umzubringen, niemals die gleichgültig hingeworfenen Sätze, die mir der Bildschirm zur Last legte, geschrieben hätte – sie gar nicht hätte schreiben können.

Was meinen Ruf angeht, so steht merkwürdigerweise das Urteil der Geschworenen noch aus. Er hat gewiss einen schweren, vielleicht sogar einen tödlichen Schlag erlitten, denn die Erzfeinde der *Theorie* und einige ihrer früheren Freunde bezeichneten die Enthüllungen (die so genannten «Apple-Mac-Texte» wurden schließlich von der New Harbor Press in einem Band mit dem Titel *Der Tod des Autors* veröffentlicht) sogleich als die denkbar vernichtendste Anklageschrift gegen den üblen Irrationalismus, der durch mich und meine *Theorie* in die akademische Welt eingebrochen sei. Und jener vorwitzige junge Mann, der mich einst an meiner eigenen Haustür angepöbelt hatte, schrieb in der *Village Voice* einen scherzhaften Artikel, in welchem er geistreich witzelte, dass ein sprachliches Dilemma wohl noch als Pech angesehen werden könne, dass aber zwei davon schon eher wie Nachlässigkeit wirkten.

Und dennoch. Und dennoch erkenne ich bereits die ersten schwachen und halbherzigen Regungen der Revision und Rehabilitation; meine Schüler, dessen bin ich mir sicher, werden kaum geneigt sein, lange in der Defensive zu verharren – eine Annahme übrigens, die gerade jetzt durch einen längeren Essay mit dem Titel «Léopold Sfax ist nicht der, für den man ihn hält» untermauert wird, den Francis-Xavier Pallette, Inhaber des Merkel-Lehrstuhls für Diakritische Studien in Breen, in der letzten Nummer von *Semiotext(e)* publiziert hat.

Wie es bei einem derart energisch und engagiert zur *Theorie* Bekehrten gar nicht anders zu erwarten war, vertritt Pallette in der Sache einen streng orthodoxen Standpunkt. In erster Linie führt er an, dass es außerhalb dieser Texte keine Geschichte geben könne, keinen geschichtlichen Referenten jenseits des Apple Mac selbst, innerhalb dessen sie, wie er sich vortrefflich ausdrückt, «hermetisch eingekerkert» seien; und um ihre aporetische «Unentscheidbarkeit» zu illustrieren, führt er die extreme Vieldeutigkeit und Inkohärenz ihres zeitlichen Kontinuums an. Der Umstand, so betont er, dass man glaube, «Sfax» (den er korrekterweise durchgehend als Textkonstrukt und nicht als lebende Person behandelt) habe die Texte auf einem Textverarbeitungssystem geschrieben, nämlich auf jenem Apple Mac, der ihnen den Namen gegeben hat, nur schon dieser Umstand also lasse die Klimax der Konfrontation mit MacMahon (zumindest hinsichtlich der erzählerischen Plausibilität oder der historischen «Wahrheit») ganz und gar unmöglich erscheinen. «Wie?» – so bittet Pallette spöttisch all jene um Auskunft, die sich schließlich (trotz aller Bedenken, die einer bestimmten störenden Unentwirrbarkeit von Wahrheit und Unwahrheit gerade in den ersten beiden Teilen geschuldet sind) doch davon überzeugen ließen, dass die so genannten Apple-Mac-Texte gleichwohl als zuverlässige Darstellung von Vorfällen gelesen werden könnten, welche in Wirklichkeit außerhalb des Computers stattfanden –, «hat es Sfax irgendwie fertig gebracht, genau bis zu dem Augenblick weiterzutippen, in dem sich der Schuss löste?» Pallette demonstriert auch auf raffinierte Weise, wie wenig Sinn im Grunde bei genauer und kritischer Betrachtung viele der von «Sfax» verwendeten Bilder ergeben: beispielsweise die wiederkehrende Metapher vom Wettlauf von Hase und Igel rund um das Zifferblatt – «der Sekunden- und der Minutenzeiger einer Uhr», so erinnert uns Pallette, «starten nicht am selben Ort, und sie kommen auch nicht am selben Ort ans Ziel, weshalb man von ihnen auch schlecht behaupten kann, sie liefen um die Wette» – oder jener andere, von «Sfax» gewählte und auf seine Art reizende und amüsante Vergleich («der linke Zeigefinger dient lediglich als Gehilfe des rechten und interveniert wie die weniger flinke Hälfte in einem Tennisdoppel, um sich hier ein Komma, dort einen Apostroph zu schnappen») – «auf Computertastaturen», so erneut Pallette, «befinden sich Komma und Apostroph stets im Einzugsbereich des rechten und nicht des linken Zeigefingers».

Für den langen vorletzten Absatz seines Essays hat er sich ein Argument aufgespart, das sowohl von der akademischen wie von der übrigen Welt zwangsläufig als der schlüssigste Beweis zu meinen Gunsten gewertet werden muss, denn Pallette macht darin abschließend gelassen geltend, dass die vorangegangene Aufzeichnung, soweit sie überhaupt mit wirklicher Genauigkeit datiert werden könne, anscheinend in den frühen achtziger Jahren abgefasst worden sei – jener Desktopcomputer der Marke Apple jedoch, auf dem ich sie angeblich geschrieben habe, sei erst sehr viel später im gleichen Jahrzehnt für private Nutzer wie mich verfügbar geworden!

Ach, er hat mich klein gehackt; und ich spüre bereits,

dass andere noch so gerne seinem Beispiel folgen und mir zu Hilfe eilen werden.

Und hier ist es also endlich, das Erlauchte; hier sind wir beide, auf der allerletzten Seite, jener meist fehlenden letzten Seite der Kriminalgeschichte des Lebens. Und die Wahrheit, wie man sieht, ist die, dass diese Seite genau gleich ist wie alle vorangegangenen – nur lichtet sich bereits die Zahl der Buchstaben, und die Maserung des Papiers beginnt sichtbar zu werden.
Ob ich posthum noch letzte Worte sagen will? Eigentlich nicht. Zu meiner Enttäuschung habe ich feststellen müssen, dass der Tod tatsächlich bloß der verdrängte Name für ein sprachliches Dilemma ist, und am liebsten würde ich im Grunde mein Geld zurückverlangen – wie du, Leser, vielleicht auch, wenn du nun dieses boshafte und betrügerische und bedeutungslose Buch zuklappst.

Adriano Sofri

Die Gefängnisse der anderen

Aus dem Italienischen übersetzt, mit Anmerkungen und einem Nachwort versehen von Volker Breidecker

Hardcover, Fadenheftung
Lesebändchen, 206 Seiten
€ 19.95, sFr 36.–
ISBN 3-905513-25-0

»Wer diesen sachlichen und zugleich subtilen Bericht über Sofris ersten längeren Gefängnisaufenthalt 1988 liest, lernt nach dem politischen Kolumnisten nun auch einen wunderbaren Schriftsteller kennen.«
Katharina Rutschky, *Frankfurter Rundschau*

Edition Epoca

rowohlt paperback

Frédéric Beigbeder
Memoiren eines Sohnes aus schlechtem Hause *Roman*
(paperback 23095)
Eine Jugend im Paris der neunziger Jahre: postmoderner Nihilismus, ausschweifender Lebensstil, Eliteausbildung und endlose Nächte in Szene-Bars...

Elfriede Jelinek
Macht nichts *Eine kleine Trilogie des Todes*
(paperback 22683)
«Im ersten Teil hat eine Täterin gesprochen, die nie eine sein wollte, im letzten Teil spricht ein Opfer, das auch nie eines sein wollte. Die Zeiten, da alle Opfer werden sein wollen, sollen ja erst noch kommen.»
Elfriede Jelinek

John Updike
Beck in Bedrängnis. *Fast ein Roman*
(paperback 22718)

Stewart O'Nan
Die Armee der Superhelden *Erzählungen*
(paperback 22675)
In diesen preisgekrönten Erzählungen entfaltet Stewart O'Nan die ganze Bandbreite menschlichen Lebens zwischen Verzweiflung und Hoffnung. «O'Nans spannendes Werk ist zum Heulen traurig und voller Schönheit, seine Sprache genau und von bestechendem Charme.»
Der Spiegel

Thor Kunkel
Das Schwarzlicht-Terrarium *Roman*
(paperback 22646)
Thor Kunkels Roman vermischt Elemente der schwarzen Komödie mit Pulp-Fiction und utopisch-technischer Phantasie zu einem ebenso düsteren wie hellsichtigen Panorama der siebziger Jahre.
Ein Brief an Hanny Porter *Roman*
(paperback 22678)

Virginie Despentes
Wölfe fangen *Roman*
(paperback 22331)
Pauline und Claudine *Roman*
(paperback 22647)

Literatur

Weiter Informationen in der **Rowohlt Revue**, kostenlos in Ihrer Buchhandlung, und im **Internet: www.rororo.de**

Romane und Erzählungen

D. W. Buffa
Nichts als die Wahrheit
Antonellis erster Fall
(rororo 22771)
«Ein ebenso intelligentes wie spannendes Buch.» FAZ

Michael Crichton
Die Gedanken des Bösen
Roman
(rororo 22798)
«Ein atemberaubend spannendes Buch.» *New York Times Book Review*

Erri De Luca
Die Asche des Lebens
Erzählung
(rororo 22407)
Das Meer der Erinnerung
Roman
(rororo 22743)

Klaus Harpprecht
Die Leute von Port Madeleine
Dorfgeschichten aus der Provence
(rororo 22746)

Jacques Neirynck
Die letzten Tage des Vatikan
Roman
(rororo 22759)
«Der Roman ist vielschichtig, verwickelt und voller Überraschungen ... voller kühner, kluger Gedanken, voller Wärme und hochunterhaltsam.» *Der Spiegel*

Chaim Potok
Novembernächte *Die Geschichte der Familie Slepak*
(rororo 22800)
«Eine ergreifende Familienchronik und eine Nachhilfestunde in russischer Revolution.» *Focus*

rororo Literatur

Nicholas Shakespeare
Der Obrist und die Tänzerin
Roman
(rororo 22619)
«Ein spannender und poetischer Roman über Gewalt, Ethik und Liebe.» *Süddeutsche Zeitung*

Oliver Stone
Night Dream *Roman*
(rororo 22885)
Hemmungslos provozierend wie in seinen Filmen betritt Oliver Stone jetzt die literarische Szene. In seinem ersten Roman verlässt der neunzehnjährige Held seine Eltern, bricht sein Studium in Yale ab und geht nach Vietnam.

Wei-Wei
Die Farbe des Glücks *Roman*
(rororo 22788)
«Eine wunderbare chinesische Familiengeschichte, rührend, lebensnah und mitreißend.» *Cosmopolitan*

Weitere Informationen in der **Rowohlt Revue**, kostenlos in Ihrer Buchhandlung oder im **Internet: www.rowohlt.de**